学生国学丛书新编

主编 王 宁
顾问 顾德希

三苏文

叶玉麟 选注
董婧宸 校订

商务印书馆
The Commercial Press

2019年·北京

学生国学丛书新编

主　　编：王　宁
顾　　问：顾德希
特约编辑：于鸿雁
审 稿 组：党怀兴　董婧宸　凌丽君
　　　　　赵学清　周淑萍　周玉秀

总序之一
——在阅读中走近中华优秀传统文化

王　宁

王云五、朱经农主编的《学生国学丛书》，是一套为中学生和社会普及层面阅读古代典籍所做的文言文选本。它隶属在王云五做总主编的《万有文库》之下，1926年开始陆续由商务印书馆出版。20世纪20年代开始策划时，计划出60种，后来逐渐增补，到1948年据说已经出版了90种；因为没有总目，我们现在搜集到的仅有71种。由于今天弘扬中华优秀传统文化和提高文言文阅读能力的社会需要，我们决定对这套丛书进行适应于现代的加工编辑，将它介绍给今天的读者。

在推介这套丛书的时候，我们保存了原编的主要面貌：选书与选篇基本不变，将原书绪言保留下来，每篇选文原注所选的注点，也作为这次新编的重要参考。这样做是为了尽量借鉴前贤的一些构思和做法,并保留当时文言文阅读水平的基本面貌,作为今天的参考。

《学生国学丛书》是本着商务印书馆"昌明教育,开启民智"的一贯宗旨编选的,阅读群体应当主要是当时的中学生。20年代的中学生阅读文言文的水平显然比今天高一些,因为那时阅读文言文的社会环境与现在不同,虽然白话文已经通行,但书信、公文、教科书和报刊中,都还保留了不少文言文。国文课的师资,很多也是在国学上有一些根柢的文士。在知识界和语文教育界,文言文阅读还不是什么难事。今天,文言文阅读水平既关系到继承和弘扬中华优秀传统文化的效能,又关系到现代社会总体人文素质的提高,应当达到什么程度最为合适?民国时期是可以作为一个基准线的。

《学生国学丛书》体现了20世纪之初一些爱国的出版家和教育家把中华优秀传统文化传承给下一代的情怀、理想和实干精神。他们策划这套丛书的宗旨和编则,可资借鉴的地方很多,他们的实践经验、教育精神和国学学养值得我们学习的地方也很多。这一点,是我们了解了丛书的主编和40多位编选者的情况后感受到的。

丛书的主编王云五、朱经农,都是我国20世纪初爱国、革新的出版家。王云五主编《万有文库》,开创了我国图书出版平民化的新纪元,体现了新文化运动中普及

总序之一

文化教育的先进思想。《学生国学丛书》是《万有文库》里专门为中学生编选的,目的是将弘扬民族文化精华的理念带入初等教育,这在当时不能不说是有远见的。两位主编不论在反对封建帝制的革命中,还是在民族危难的救国图强斗争中,都有可圈可点的事迹,值得钦佩。与两位主编合作的40多位编写者,多是辛亥革命的参与者和新文化运动的前沿人物。他们熟悉古代文典,对中国文化理解通透,领悟深刻,又有强烈的反封建意识;其中很多都在中小学教育领域里有过丰富的实践经验,教过国文,编过教材,研究过教法。这里有我们十分熟悉的教育家和文学家,如我国现代教育特别是语文教育的领军人物叶绍钧(他后来的名字是叶圣陶),新文化运动的先驱者、中国革命文艺的奠基人之一、著名作家茅盾(他当时的名字是沈德鸿,后来为大家熟悉的姓名是沈雁冰)。这两位,多篇作品都被收入中学语文课本,20世纪50年代以后的老师、同学是无人不知的。其他如著作丰厚、名震一时的藏书家胡怀琛,国学根柢深厚、考据功底极深、《中国人名大辞典》《中国古今地名大辞典》的主要编写人臧励龢,我国语文教育的改革家庄适等。

20世纪初的中国社会,多种文化思潮纷纭杂沓:改良主义者提出"师夷制夷""严祛新旧之名,浑融中外之迹"的折中主张;历史虚无主义者在"全盘西化"的徽

总序之一

帜下将西方的一切甚至文化垃圾照单全收；殖民主义文化论者叫嚣中国道德一律低级粗浅，鼓吹欧洲人生活方式总体文明高超；另一方面，封建复辟野心家的代言人则一味复古，用古代的文化糟粕来抵抗新文化的建构。这些，都对比出爱国的出版家、学问家、教育家既要固本又要创新的理想和实践精神的可贵；也让我们认识了新文化运动及革命文学的前沿人物坚守教育阵地的不懈努力，懂得了他们的编纂意图和深厚学养。保留丛书主要面貌，就是对他们成果的尊重和信任。

随着中华优秀传统文化的广泛传播，随着中小学语文教学改革的深入发展，在读书成为教师、家长和渴求文化的大众普遍要求之时，文言文阅读将会是其中一个重要的内容。有人说，文言只是一种古代的书面语，口语交际和现代文本已经不再使用，我们为什么还要学习文言文呢？在推介这套丛书的时候，我们有必要来回答这个问题。

文言是古代知识分子和正统教育使用的书面语言，具有超越时代、超越方言的特性，因而也同时具有了记载数千年中华民族灿烂文化的主要功能，它是与中华民族文明史共存的。许慎《说文解字叙》说汉字的作用是"前人所以垂后，后人所以识古"，这两句话即是对汉字记录的文言说的。我国历史悠久，文化遗产丰富，用文言记录的历史文献，用文言撰写的文学作品，多到不可

总序之一

计数,只有学习它,才能从古知今,以史为鉴。文言所记录的,不仅是古代社会的典章制度和政治经济,还有先贤哲人的人生经验和思想哲理,让我们看到中华民族一代又一代人的智慧。想想看,如果我们及早领会了古人"斧斤以时入山林"的采伐规则,便不会过度开发建材,造成那么多秃山荒岭,把气候搞得这样糟糕。我们读过也理解了"今之孝者是谓能养。至于犬马,皆能有养。不敬,何以别乎"这段话,就会在对待长者时,把他们的尊严看得和他们的生计同等甚至更加重要!"防民之口甚于防川""水能载舟亦能覆舟",这是对阻塞言路者多么深刻的警醒。在道德重建的今天,中国传统道德中"己所不欲勿施于人"的利他主义,"爱民""富民""民为重"的民本思想,"以不贪为宝"的清廉品德,"志士不忘在沟壑,勇士不忘丧其元"的大义凛然态度,"吾日三省吾身"的自律精神,"君子怀刑"的守法意识,……这些,即使在今天的一般阅读中,也已经深入人心。可以想见,进入深度阅读后,我们一定会受到更多的启迪,在阅读中产生更多的惊喜。著名的国学大师、革命家和思想家章太炎,1905年7月15日在东京留学生欢迎会上演讲时说:"近来有一种欧化主义的人,总说中国人比西洋人所差甚远,所以自甘暴弃,说中国必定灭亡,黄种必定剿灭。因为他不晓得中国的长处,见得别无可爱,就把爱国爱种的心日衰薄一日。若他晓得，我想就是全无心肝的人，那爱国爱种的心，必定风发泉涌，不可遏抑的。"阅读文言文，就是要使我们具有这种文化自信。是的，遗产是有精华也有糟粕的，古代的未必都适合今天；我们只有真正读懂文典，将历史面貌还原，再有了正确的价值观，才能辨析断识，而不是道听途说，更不会受人蛊惑。在这个意义上，文言文阅读作为吸收中华优秀传统文化的必要途径，绝不是可有可无的。

文言文阅读是产生汉语正确语感的一个重要源泉。汉语不是一潭死水，从古到今，不知吸收了多少其他民族的词汇和句法，也曾经夹杂着很多不雅甚至不洁的成分；但是，文言经过数千年的洗涤、锤炼，已经渐渐将切合者融入，不切合者抛弃。经过大浪淘沙、优胜劣汰而能流传至今的美文巨制，会更加显现汉语的特点。而现代汉语刚刚一个世纪，在根柢不深、修养不佳的人们的口语里、文辞中，常常会受外语特别是英语的影响，受不健康的市井俚语的侵染，产出一种杂糅的语言。我们想在运用现代汉语时真正体现出汉语的特点，比如词汇丰富、句短意深、注重韵律、构造灵活等，提高用健康、优美的汉语表达正确、深刻的思想的能力，文言会带给我们一些天然的汉语语感。热爱自己的本国语言，不断提高运用汉字汉语的能力，这是每一个人文化素养中最重要的表现；克服语言西化、杂糅的最好办法，是在学习规范、优美的现代汉语的同时，对文言也有深入的感受和体验。

文言文阅读还是从根本上理解现代汉语的重要条件。人们都认为现代汉语与文言差别很大，初读时甚至感到疏离隔膜、难以逾越。其实，汉语是一种词根语，词汇和语义的传衍非常直接，文言中百分之七十的词汇、词义，在现代汉语的构词法里都能找到。在书面语里，文言单音词的构词能量有时会比口语词更强。经过辗转引用积淀了深厚文化底蕴的典故、成语，成为使用汉语可以撷取的丰富宝库。如果我们对文言一无所知，是很难深入理解现代汉语的。有些人认为，在语文教学中现代文阅读和文言文阅读是两条线，其实，在词汇积累层面上，应该把它们并成一条线。学习文言与学习现代汉语，在积累词汇、理解意义、体验文化、形成语感方面是相辅相成的。

在推介《学生国学丛书》的时候，我们也有另外一重考虑。这套丛书毕竟经过了将近一个世纪，时代和社会都发生了根本的变化，我们有了更加明确的核心价值观和适应于现代的审美意识，语言、文字、文学、文献、教育都有了更新的研究成果，对丛书进行适度的改编，也是绝对必要的。所以，这次新编，我们主要做了五项

总序之一

工作：第一，为了今天在校学生和普通读者阅读的方便，改竖排为横排，标点符号也随之改为现代横排的规范样式。第二，变繁体字为简化字，在繁简转换的过程中，对在文言文语境中有可能产生意义混淆的用字，做了合理的处理。第三，采用今天所见较好的古籍版本对原书的选文进行了审校，订正了文句的错、讹、脱、衍。第四，对原书的注释进行了修改、加工、调整，使注释更加准确、易懂，对地名和名物词的解释，也补充了最新的资料。第五，撰写了新编导言，放在原书绪言的前面。原编者和新编者对同一部书和同一篇文的看法，或所见略同，或相辅相成，或角度各异，或存在分歧，都能促进阅读者的思考和讨论，引发延展性学习，带动更多篇目和整本书的阅读。

《学生国学丛书》本来是一套开放的丛书，我们还会根据教学和读者的需要，补充一些当时没有被选入的优秀古代典籍的选本，使新编的丛书不断丰富。

我国每年有将近两亿的青少年步入基础教育，一个孩子有不止一位家长，这是一个多么庞大的读书群体。将一个世纪以前的《学生国学丛书》通过新编激活，让它走进一个新的时代，更好地发挥它在语文教育和弘扬我国优秀传统文化中的作用，这是我们之所愿，也希望能使编写这套书的前辈们夙愿得偿。

总序之二
——植入健康的文化基因

顾德希

优秀的传统文化是中国人的精神家园。学生多读些国学典籍,将有助于把优秀传统文化的基因植入肌体。王宁老师的"总序",对本丛书的这一编辑意图已有深入全面的阐释,我打算就如何阅读这套丛书,或者说如何阅读文言文,做些补充性说明。

这套丛书的每一本,都专门写了新编导言。这是今日读者和原书连接的桥梁。人们常把桥梁喻为过河的"方法",所以也可以说,新编导言之所谓"导",就是力图为各类学生和更多读者提供一些阅读的方法。

这套丛书有好几十本,都是极有价值又有相当难度的国学经典,如不讲究阅读方法,编辑意图的实现会大打折扣。但这些经典差异性很大,《楚辞》和《庄子》的阅读肯定很不同，《国语》和《周姜词》的阅读方法差别就更大，即使同是词，读《苏辛词》与《周姜词》也不宜用完全相同的方法。因此本丛书新编导言所提供的阅读方法，针对性很强，因书而异。但异中有同，某些共性的方法甚至更为重要。不过，这些共性的方法渗透在每一篇导言中，未必能引起足够重视。下面，我想谈谈文言文阅读的四个具有共性的方法。

一、了解作者和相关背景，了解每本书的概貌，对每本书的阅读都很重要，这毋庸置疑。但一般读者了解这类相关知识，目的仅在于走近这本书。因而涉及作者、背景、概貌等，导言中一般不罗列专业性强的知识，而诉诸比较精要的常识性叙述。比如对《吕氏春秋》作者吕不韦，并没有全面介绍，也没有像过去那样从伦理道德上对这个历史人物加以贬抑，而只侧重叙述了他作为政治家的特点，因为明乎此便很有助于了解《吕氏春秋》。又如《世说新语》的成书背景有其特殊性，也需要了解，但限于篇幅，叙述的浓缩度很大。凡此种种必要的常识，新编导言里一般是点到为止，只要细心些，便不难从中获得多少不等的启发。兴趣浓厚者，查找相关知识也很容易。

二、借助注解疏通文本大意之后，就要反复诵读。某些陌生的词句，更要反复诵读。一句话即使反复诵读

总序之二

二十遍也用不了两三分钟，但这两三分钟却非常重要。

"诵读"是出声音的读，但并不是朗诵。大家所熟悉的现代文朗诵，不完全适用于文言诗文。朗诵往往是读给别人听，诵读却是读给自己听。古人所谓"吟咏"，是适合于当时人自己感悟的一种诵读。今天的诵读，用普通话即可，节奏、抑扬、强弱、缓急，都无客观规定性，可随自己的感受适当处理。如果阅读文言文而忽略了诵读，效果至少打一个对折。不念出声音的默读，是只借助视觉器官去感知；出声音的诵读，是把视觉、听觉都动员起来的感知，其所"感"之强弱不言而喻。而且一旦读出声音，就让声带、口腔等诸多器官的运动参与进来了，凡诉诸运动器官的记忆，最容易长久。会骑车的人，多年不骑，一登上车还是会骑。因为骑车的感觉是一种运动记忆。文言语感的牢固形成与此类似。古人所谓"心到、眼到、口到"之说，实在是高效形成文言语感的极好方法。不管是成篇诵读，片段诵读，还是陌生词句的反复诵读，都是提升文言文阅读能力的好办法。本丛书的每一篇新编导言并未反复强调"诵读"，但各种阅读建议无不与某些片段的反复读相关。既读，就要"诵"，这是文言文阅读的根本方法。

三、应用。这是与文言翻译相对而言的。把文言文阅读的重点放在"翻译"上，副作用很多。一是不可避

总序之二

免信息的丢失。概念意义、情味意蕴，都会丢失。课堂教学中让学生把一篇文言文从头到尾"对号入座"地搞翻译，是文言教学中的无奈之举。一句一句，斤斤计较于文言句法词法和现代汉语的异同，结果学生的诵读时间没有了，刻意去记的往往是别别扭扭的"译文"，而精彩的原文反倒印象模糊，这不是买椟还珠吗！所以，在疏通大意、反复诵读的同时，一定要重视"应用"。应用，就是把某些文言词句直接"拿来"，用在自己的话语当中。比如，在复述大意时，在谈阅读感受理解时，不妨直接援引几句原话。如果能把原文中的某些语句就像说自己的话一样，自然而然地穿插到自己的述说中，那就是极好的应用。本丛书新编导言中援引原作并有所点评、有所串释、有所生发之处很多，但绝不搞对号入座的翻译，这不妨看作文言文阅读方法的一种示范。新编导言中有很多建议，要求结合作品谈个什么问题，探究个什么问题，都不同程度地含有这种"应用"的要求。

四、坚持自学。这套丛书，为学生自学文言文敞开了大门。学生文言文阅读的状况永远会参差不齐。同一个班的高中生，有的已把《资治通鉴》读过一遍，有的能写出相当顺畅的文言文，但也有的却把"过秦论"读成"过奏论"，这是常态。只靠面对几十个人的文言课堂讲授，几乎不可能使之迅速均衡起来。只有积极倡导自

总序之二

主性学习，才可能有效提高教学质量。本丛书的新编导言，高度重视对文言自学的引导。每篇新编导言都就怎样去读提出许多建议。这些建议有难有易，不是要求每一个人全都照着去做。能飞的飞，能跑的跑，快走不了的慢走也很好。新编导言在"导"的问题上，从不同层次上提出不同建议，相信各类学生都能找到适合自己的要求。只要选择适合自己或者自己感兴趣的要求，坚持不懈去"读"，去"用"，文言文的自学一定会出现令人惊喜的成果。从这个意义上说，本丛书的每一本，都是适合于各类读者自学国学经典的好读本。每一本中经过精心处理的注解，是自学的好帮手；而每一篇新编导言，又都可对自学起到切实的引导作用。只要方法对，策略恰当，那么这套丛书肯定能帮助我们有效提高文言文阅读水平。

目前，在深化高中语文课改的大背景下，很多学校高度重视突破过去那种一篇篇细讲课文的单一教学模式，开始重视"任务群"的学习，重视整本书的阅读，重视选修课的开设，重视校本课程的建设。在这样的大背景下，如果学校打算从本丛书中选用几本当作加强国学教育的校本教材，那么"新编导言"对使用这本书的教师来说，也可起到某种"桥梁"作用。

不管用一本什么书来组织学生学习，都必须对学生

总序之二

怎样读这本书有恰当引导。这是提高教学质量的一定不移之理。恰当的引导,要有助于各类学生更好地进入这本书的阅读,要有助于各类学生更好地开展自主性学习,要使之在文本阅读中进行有益的探究,并获得成功的喜悦。为了使新编导言的"导"能起到这样的作用,本丛书专门组织了多位一线优秀教师先期进入阅读,并把成功教学经验融入新编导言。因此,我们有理由相信,新编导言可以成为组织学生学习活动的有益借鉴。导言中结合具体作品对阅读所做的那些启发、引导,针对不同水平读者分层提出的那些建议,都将有助于教师结合自己学生的实际情况进一步拟出付诸实施的具体导学方案。

我相信,只要阅读文言文的方法恰当,只要各类读者从实际情况出发,循序渐进地学,优秀传统文化的基因就一定能更好地植入肌体。

目　录

新编导言 ·· 1

原书绪言 ·· 9

卷首

宋史苏洵传略 ·· 13

宋史苏轼传略 ·· 14

宋史苏辙传略 ·· 16

苏洵文

六国 ·· 19

项籍 ·· 21

乐论 ·· 25

谏论上 ·· 27

谏论下 ·· 33

管仲论 ·· 35

上韩枢密书 ……………………………………… 39

上欧阳内翰书 …………………………………… 44

族谱引 …………………………………………… 49

木假山记 ………………………………………… 51

送石昌言使北引 ………………………………… 52

仲兄文甫字说 …………………………………… 55

名二子说 ………………………………………… 58

苏轼文

前赤壁赋 ………………………………………… 61

后赤壁赋 ………………………………………… 65

始皇论 …………………………………………… 67

伊尹论 …………………………………………… 70

留侯论 …………………………………………… 72

论养士 …………………………………………… 75

论隐公里克李斯郑小同王允之 ………………… 79

论项羽范增 ……………………………………… 82

策别·训兵旅三 ………………………………… 85

超然台记 ………………………………………… 88

石钟山记 ………………………………………… 91

方山子传·················94
表忠观碑·················95
潮州韩文公庙碑···········100
徐州莲华漏铭并叙·········105
文与可飞白赞·············107
上王兵部书···············108
答李鷹书·················109
祭柳子玉文···············112
祭欧阳文忠公文···········114

苏辙文

上枢密韩太尉书···········119
武昌九曲亭记·············121
黄州快哉亭记·············122
六国论···················124
汉文帝论·················127
君术策第五道·············128
代三省祭司马丞相文·······131

新编导言

一

"唐宋八大家"中，宋有六家，四川眉山的苏家父子，占了其中三席——这是宋代文坛的传奇，也是中国古代文化史上的传奇。

不过，"三苏"的人生都备经曲折。

苏洵（1009—1066），字明允，号老泉，"生二十五岁，始知读书，从士君子游"（《上欧阳内翰书》）。他一生的读书、入仕，较为曲折。大约在仁宗景祐、庆历年间，苏洵曾到过京师，几次落第，遂返里居，"闭户益读书，遂通六经、百家之言，下笔顷刻数千言"。至和、嘉祐年间，苏洵已经年近半百，又带着苏轼、苏辙二子，再次来到京师。这时，比苏洵年长两岁的欧阳修是翰林学士，读罢苏洵文章，大为叹赏，"自是名动天下，士争传诵其文"。其后，在欧阳修、韩琦等人推荐下，

三苏文

苏洵出任秘书省校书郎，参与修撰"礼书"，书稿完成而还未奏上时，苏洵卒于京师。

苏轼（1037—1101），字子瞻。他的仕途，以熙宁、元祐的入朝为标志，先后经历了两次入朝、外放、贬谪的大起大落。嘉祐二年（1057），他与苏辙同登进士第，嘉祐六年（1061）同中制科。治平三年（1066）苏洵卒于京师后，苏轼、苏辙以官船扶柩还蜀，丁父忧三年。熙宁二年（1069），苏轼还朝，曾一度辉煌，后因政见上与推行新政的王安石议不合，先后出任开封府推官、杭州通判，历知密州、徐州、湖州。元丰二年（1079），"乌台诗案"案发，苏轼被贬为黄州团练副使安置，筑室东坡，自号东坡居士，过着"竹杖芒鞋轻胜马"的贬谪生活。元祐元年（1086），宋哲宗即位，苏轼被重新起用，迁中书舍人，改翰林学士，知礼部贡举，主掌文衡。与此同时，弟弟苏辙也调回京师，苏轼、苏辙和黄庭坚、秦观、张耒、晁补之、陈师道、李廌等才士云集汴京，酬唱赠答，蔚为盛事，后人称黄庭坚等为"苏门六君子"。元祐四年（1089），苏轼再次外放，历知杭州、颍州、扬州、定州。绍圣元年（1094），支持他的太皇太后去世，苏轼被贬到惠州、儋州等荒僻之地，第二次跌入谷底。建中靖国元年（1101），宋徽宗立，苏轼遇赦还，卒于常州。

苏辙（1039—1112），字子由。他的人生起伏，与兄长近乎同步。熙宁年间，因与王安石议不合，出为河南推官。元丰二年(1079),受"乌台诗案"的牵连,苏辙被贬为监筠州盐酒税,五年后移知绩溪县。元祐初年,苏辙和苏轼几乎同时回朝,一度位居宰辅。绍圣元年(1094),苏轼被贬之后,苏辙也以元祐党人落职,外放到汝州、袁州等地任职。宋徽宗即位后,他曾一度在京任职,后筑室许州,晚号颍滨遗老,卒于政和二年(1112)。

二

本书所选的三苏文,包括不同文体的作品,共计四十篇,囊括了三苏的许多重要篇章。当然,对三苏的全部作品来说,这部分选篇只是吉光片羽,也在一定程度上体现了本书编者叶玉麟先生的选文标准和选文旨趣。叶玉麟(1876—1958),字浦荪,又作浦孙,受学于桐城派古文家马其昶(字通伯),亦擅作古文。从方苞、姚鼐起,桐城古文家多主张学习《左传》、《史记》、唐宋八大家的古文,提倡考据、义理、辞章兼备,注重文辞写作的抑扬顿挫。在选取三苏文章时,叶玉麟以"理道渊懿,文辞峻迈"为标准,侧重从"神理超妙,辞藻英发,格高而味醇"的角度,选择篇目。同时,叶氏也摘录《宋史》本传,冠于全书,以俾读者可以了解三苏的生平梗概,知人论世。在文字和注释方面,除了依据《嘉祐集》《东坡集》《栾城集》的底本文字外,叶玉麟也依照姚鼐选编的《古文辞类纂》,对本书文字做了一定的校勘,并用浅显的古文,介绍了部分篇目的撰作缘起和三苏文中所涉及的相关历史典故。

"一门父子三词客"。清人沈德潜曾如是评价苏洵、苏轼、苏辙的文章:"老泉之才横,矫如龙蛇;东坡之才大,一泻千里,纯以气胜;颍滨停蓄渊涵。"(《唐宋八家古文读本序》)在阅读本书时,要悉心体会三苏的谋篇立意、写作手法和各自的文风特点。

苏洵的文章,在三苏之中尤显老到。欧阳修曾盛赞他"精于物理而善识变权,文章不为空言而期于有用"(《荐布衣苏洵状》),朱熹称他"雄健"。在阅读《六国》《谏论下》《管仲论》等文章时,要联系苏洵所处的时代背景,了解北宋向西夏、契丹输送岁币,偷安苟合的现实背景,更要注意品读苏洵文章中巧妙的立论、精心设计的章法和一气呵成的排比,领略他雄健的笔力。

苏轼的一生,以儒家的入世进取为底色,又兼采老庄、释家的因任自然,在颠越起伏的人生经历中,形成了挥洒自如、卓尔不群的独特文风。本书选录的《始皇论》《伊尹论》《留侯论》《论项羽范增》等,是苏轼早年的策论文,议论中翻空出奇、不拘成法。《石钟山记》《超然台记》则属于记体的散文,前者在叙事上丝丝入扣,而以哲理收尾,后者围绕着心境之"乐"立论,首尾相衔,抒发了苏轼游于物外、适然自乐的心志。《表忠观碑》《潮州韩文公庙碑》则是应用性的碑文,特别是《潮州韩文公庙碑》,在苏轼之前,人们对韩愈的评价很多,而苏轼之文则别出新意。开篇的"匹夫而为百世师,一言而为天下法",气势磅礴,引领出对韩愈"文起八代之衰"的高度评价。文中不仅突出了对韩愈的总体评价,还紧扣他在潮州的政绩影响,彰显人物个性,行文起伏跌宕,情感炽烈。作于黄州的两篇《赤壁赋》,皆以散文的笔法写赋,生动地写出了不同季节下的长江赤壁,意境浑融,寄寓着苏轼在贬谪期间对人生悲辛的体悟,皆为千古名篇。

至于苏辙,在他年仅十八岁时,张方平即有"少者谨重"的评价(《瑞桂堂暇录》)。苏辙晚年也曾自评:"子瞻之文奇,予文但稳耳。"(《栾城遗言》)相较于苏洵的老到雄健、苏轼的新奇多变,苏辙的文风则一如他谨重沉稳的性格,明白晓畅、平和纡徐,而又不失秀气。从《上枢密韩太尉书》这封早年考中进士后写给韩琦的书信中,可以看出这位刚从眉山走出,来到京城优游待选的青年才俊的豪情壮志。及苏轼贬于黄州,苏辙与兄长相聚,作《武昌九曲亭记》和《黄州快哉亭记》,在平淡自然的笔墨中,苏辙勾勒出寄情于山水的苏轼形象,道出了兄弟二人在山水之中的磊落胸怀与洒脱自适,叙事、描写、抒情、议论融合无间,后人有"入宋调而其风旨自佳"的评语。

三

把阅读和写作结合起来,也是阅读本书的好方法。

三苏文

例一,苏洵培养二子时,曾将欧阳修等人的文章给他们看,让他们参照仿写。我们读三苏文,也可自行选择话题,试行仿写。如读《名二子说》《仲兄文甫字说》时,如果想到自己或好友的名字有值得说的地方,也可仿写一篇文章。再如,可就自己所熟悉的某历史人物,仿写一篇"论某某"。

例二,写三苏(或其中一人)故事,表达自己的某种感悟。可研读《上欧阳内翰书》,了解苏洵的自我剖析和他求学、为文走过的道路;可研读《武昌九曲亭记》,了解苏辙对被贬黄州的兄长的宽慰和鼓励,理解他们的兄弟情谊;可研读《上枢密韩太尉书》,了解十九岁的苏辙是怎样一个英气勃发的青年形象;还可阅读其他文本。总之,由阅读入手,由文而人,想见人物的精神气质,然后自拟标题,完成故事的写作。

例三,比较阅读,自拟标题,写写阅读体会。

提示①:两篇《赤壁赋》都是抒情性的"赋体"散文,都寄寓着苏轼在贬谪期间对人生艰辛的体悟,但不同之处很多。季节、线索,以及诗情画意所给人带来的感受,都很不同。我们悉心咏诵苏轼这两篇行云流水、跌宕起伏的华章,会进一步走近苏轼,有所发现。

提示②:《石钟山记》和《超然台记》都是记叙性散文,但立意与叙事方法不同。《石钟山记》得出哲理性结论而收尾,《超然台记》则以写"乐"抒发心志。熟读两文,悉心品读,对文中的情趣、境界有所感悟,再下笔写阅读体会,一定有许多值得说的话。

　　提示③：苏洵《六国》与苏辙《六国论》可比较阅读。如找来苏轼的《六国论》一并比较，会更有趣。同一题目，同一段历史，三篇文章主旨有什么不同？要解决的问题是什么？这三篇文章，对我们写议论文有什么启发？就这些问题想出些头绪，就不难写出好的阅读体会。

　　例四，自行确定篇目，以一篇文章为主，写写阅读体会。比如《黄州快哉亭记》很能代表苏辙文章特色，苏轼曾评价苏辙"其文如其为人，故汪洋澹泊，有一唱三叹之声，而其秀杰之气，终不可没"（《答张文潜书》）。可试以"沉稳灵秀"为题，写一篇《黄州快哉亭记》的读后感。

　　读写结合的方式很多，除上举各例，还可自选其他角度。总之，确定要求，读进去，写起来，所获必丰。

原书绪言

宋孝宗《御制苏文忠文集赞序》，称其忠说伟节，世无与俦，负恃豪峻，志行所学，迁流岭海，文益瑰放，推许盖极致。明茅鹿门则谓苏氏父子，经术甚疏，特其文至耳。厥后方望溪亦从是说。朱竹垞曰："北宋人惟苏明允杂出纵横之说，故其文在诸家中为最下。"谬矣。恽子居曰："明允自兵家纵横家入，故其言纵厉，曾子固、苏子由，自儒家入，故其言温而定。"皆一偏之论也。储同人曰："世谓眉山父子兄弟之文，逮子由而薄，唐宋诸大家，魁宏峻迈，不可方物之气，逮子由而衰。"亦非真知子由者。李本宁则谓三苏祖《孟子》《南华》，浸淫乎战国，放浪秦汉，为文纡徐而直，博辩以昭，无艰僿之状，为世宗尚，是说也，庶几得之。

夫诵习古人之文，从数千百年后，臆断其某者自某家出，皆皮傅之见也。士各有立身志道，根株经籍，姗中而发越，炳耀奇观者，其用心之精微，人莫能喻也。世徒见明允好论兵事，故讥其习纵横。然《族谱引》温醇孝弟，《辩奸论》明晰邪正，其他合于贤圣人之谊者至多，不可谓非知道者。要之苏氏父子，高文畸行，自有不朽者存，而子瞻、子由，各不相袭，原本忠孝，郁勃为鸿篇，直谓胚胎名父，笃生隽伦，为百代之炜光可也。章太炎先生，顷与余论古今作者，独推明允为豪杰之文，洵笃论也。

今选次三苏文四十首，皆理道渊懿，文辞峻迈者，学人殚精专壹以求索其菁英焉，吾知其必有得也。

叶玉麟

卷首

宋史苏洵传略

苏洵，字明允，眉州眉山人，年二十七，始发愤为学，悉焚常所为文，闭户益读书，遂通六经、百家之说。至和、嘉祐间，与其二子轼、辙皆至京师，欧阳修上其所著文二十二篇，既出，士大夫争传之，一时学者，竞效苏氏为文章。宰相韩琦奏于朝，召试舍人院，辞疾不至，遂除秘书省校书郎。会太常修纂建隆以来礼书，乃以为霸州文安县主簿，与陈州项城令姚辟同修礼书，为《太常因革礼》一百卷。书成，方奏未报，卒，年五十八。赐其家缣银二百，轼辞所赐，求赠官，特赠光禄寺丞。有文集二十卷，《谥法》三卷。

宋史苏轼传略

苏轼,字子瞻,眉州眉山人,生十年,父洵游学四方,母程氏亲授以书,闻古今成败,辄能语其要。程氏读东汉《范滂传》,慨然叹息,轼请曰:"轼若为滂,母许之否乎?"程氏曰:"汝能为滂,吾顾不能为滂母邪?"嘉祐二年,试礼部,殿试中乙科,后以书见欧阳修,修语梅圣俞曰:"吾当避此人出一头地。"摄开封推官,决断精敏,会上元有旨市浙灯,轼密疏罢之。时言事者摘诗语以为谤,安置黄州。轼幅巾芒履,与田父野老相从溪谷间,筑室于东坡,自号东坡居士。召还,寻除翰林学士,入对便殿,宣仁后谓之曰:"先帝每诵卿文章,必叹曰:奇才奇才!但未及进用卿耳。"轼不觉哭失声,宣仁后与哲宗亦泣,左右皆感泣,已而命坐赐茶，彻御前金莲烛送归院。出知杭州，时湖中葑积为田，轼取葑田积于湖，筑为长堤，以通南北，堤成，植芙蓉杨柳其上，望之如画图，杭人名之苏公堤。其去也，民皆画像，饮食必祝，其有德于杭也。已贬惠州，居三年，泊然无所介蒂。又贬琼州别驾，居昌化，昌化，故儋耳地，非人所居，药饵皆无有，而独与幼子过著书为乐，若将终身焉。尝自谓作文如行云流水，初无定质，但常行于所当行，止于所不可不止，虽嬉笑怒骂之词，皆可书而诵之。所著有《唐书辨疑》三十卷，《论语说》《书传》《东坡》等集。建中初卒常州，谥文忠。

宋史苏辙传略

苏辙，字子由，年十九与兄同登进士科，又同策制举，累官翰林学士、门下侍郎。自绍圣后，以言忤旨，蔡京复用事，贬谪迁徙无虚日。晚筑室于许，自号颍滨遗老，又号栾城。辙性沉静简洁，为文汪洋澹泊，而有秀杰之气，其高处殆与兄轼相迫。所著《诗传》《春秋传》《古史》《老子解》《栾城文集》并行于世。谥文定。

苏洵文

苏洵文

六国[①]

六国[②]破灭,非兵不利,战不善,弊在赂[③]秦。赂秦而力亏,破灭之道也。或曰:"六国互丧,率赂秦耶?"曰:"不赂者以赂者丧,盖失强援,不能独完,故曰'弊在赂秦'也。"

秦以攻取之外,小则获邑,大则得城,较秦之所得,与战胜而得者,其实百倍;诸侯之所亡,与战败而亡者,其实亦百倍。则秦之所大欲,诸侯之所大患,固不在战矣。思厥先祖父,暴[④]霜露,斩荆棘,以有尺寸之地。子孙视之不甚惜,举以予人,如弃草芥,今日割五城,明日割十城,然后得一夕安寝。起视四境,而秦兵又至矣。然则诸侯之地有限,暴秦之欲无厌,奉之弥繁,侵之愈急,故不战而强弱胜负已判矣。至于颠覆,理固宜然。古人云:"以地事秦,犹抱薪救火,薪不尽,火不

---
① 本文选自《权书》。
② 六国,齐、楚、燕、赵、韩、魏。
③ 《说文》:"赂,遗也。"《韵会》:"以财与人也。"
④ 暴,pù,晒。

灭。"① 此言得之。

齐人未尝赂秦，终继五国迁灭，何哉？与嬴②而不助五国也。五国既丧，齐亦不免矣。燕、赵之君，始有远略，能守其土，义不赂秦，是故燕虽小国而后亡，斯用兵之效也。至丹以荆卿为计，始速祸焉。③ 赵尝五战于秦，二败而三胜。后秦击赵者再，李牧连却之，洎牧以谗诛④，邯郸⑤为郡，惜其用武而不终也。且燕、赵处秦革灭殆尽之际，可谓智力孤危，战败而亡，诚不得已。向使三国各爱其地，齐人勿附于秦，刺客不行，良将犹在⑥，则胜负

---

① "古人云"以下四句，见《国策》。
② 嬴，秦姓。
③ 丹，燕太子丹。荆卿，即荆轲。燕见秦且灭六国，祸且至燕，太子丹阴养壮士二十人，使荆轲以樊於期首，及燕督亢地图，献于秦，因袭刺秦王。轲刺秦王不中，王大怒，益发兵伐燕，大破之，遂围蓟。燕王奔辽东，斩丹以献秦。秦拔辽东，虏燕王，卒灭燕。
④ 李牧，赵北边良将也。秦破赵，赵乃以李牧为大将军，击秦军于宜安，大破秦军，封李牧为武安君。秦攻番吾，李牧击破秦军。赵王迁七年，秦使王翦攻赵，赵使李牧、司马尚御之。秦多与赵王宠臣郭开金，为反间，言李牧、司马尚欲反，赵王乃使赵葱及齐将颜聚代李牧，李牧不受命，赵使人微捕得李牧，斩之。废司马尚。后三月，王翦因急击赵，大破之，虏赵王迁，遂灭赵。
⑤ 邯，hán，郸，dān，邯郸，赵都，今河北邯郸市。
⑥ 刺客，谓荆轲。良将，谓李牧。

之数，存亡之理，当与秦相较，或未易量。

呜呼！以赂秦之地，封天下之谋臣；以事秦之心，礼天下之奇才；并力西向，则吾恐秦人食之不得下咽①也。悲夫！有如此之势，而为秦人积威之所劫，日削月割，以趋于亡。为国者，无使为积威之所劫哉！

夫六国与秦皆诸侯，其势弱于秦，而犹有可以不赂而胜之之势；苟以天下之大，下而从六国破亡之故事，是又在六国下矣。

项籍 ②

吾尝论，项籍③有取天下之才，而无取天下之虑；曹操④有取天下之虑，而无取天下之量；刘备⑤有取天下之量，而无取天下之才。故三人终其身无

---

① 咽，yàn，吞。
② 本文选自《权书》。
③ 项籍，字羽，项氏世世为楚将，封于项，故姓项氏。
④ 曹操，字孟德，小字阿瞒，其父夏侯嵩，为宦官曹腾养子，因冒姓曹。尝起兵讨董卓，即进封魏王，操子丕篡汉，追尊操为武帝。
⑤ 刘备，字玄德，汉景帝子中山靖王之后。讨黄巾贼有功，为豫州牧，后领益州牧。魏黄初二年，即皇帝位，都成都。

成焉。且夫不有所弃，不可以得天下之势；不有所忍，不可以尽天下之利。是故地有所不取，城有所不攻，胜有所不就，败有所不避，其来不喜，其去不怒，肆天下之所为，而徐制其后，乃克有济。

呜呼！项籍有百战百胜之才，而死于垓下①，无惑也。吾观其战于巨鹿②也，见其虑之不长，量之不大，未尝不怪其死于垓下之晚也。方籍之渡河，沛公始整兵向关③，籍于此时，若急引军趋秦，及其锋而用之，可以据咸阳④，制天下。不知出此，而区区与秦将争一旦之命。既全巨鹿，而犹徘徊河南新安⑤

---

① 垓下，地名，在今安徽灵璧县东南。《史记》：项王军壁垓下，兵少食尽，汉军及诸侯兵围之数重，旋乃自刎而死。
② 巨鹿，秦郡，今河北平乡县。《史记》：章邯已破项梁军，则以为楚地兵不足忧，乃渡河击赵，大破之。赵歇、陈余、张耳，皆走入巨鹿城，章邯令王离、涉间围巨鹿。怀王以宋义为上将军，救赵。行至安阳，留四十六日不进。至无盐，饮酒高会，天寒大雨，士卒冻饥。项羽曰："今不恤士卒，而徇其私，非社稷之臣。"即其帐中斩宋义头。乃渡河救巨鹿。于是至则围王离，与秦军遇，大破之，虏王离。涉间不降楚，自烧杀。
③ 《史记》：项羽日夜引兵渡三户，军漳南，与秦战，再破之。沛公因略韩地轘辕，围宛城，袭攻武关，破之。遂先诸侯兵至霸上。
④ 咸阳，秦都，在今陕西省。
⑤ 新安，故城在今河南新安县西，项羽坑秦卒二十余万人，新安城南。

间，至函谷①，则沛公入咸阳数月矣。夫秦人既已安沛公而仇籍，则其势不得强而臣；故籍虽迁沛公汉中②，而卒都彭城③，使沛公得还定三秦④，则天下之势，在汉不在楚，楚虽百战百胜，尚何益哉！故曰：兆垓下之死者，巨鹿之战也。

或曰："虽然，籍必能入秦乎？"曰：项梁死，章邯谓楚不足虑，故移兵伐赵，⑤有轻楚心，而良将劲兵，尽于巨鹿。籍诚能以必死之士，击其轻敌寡弱之师，入之易耳。且亡秦之守关，与沛公之守，善否可知也；沛公之攻关，与籍之攻，善否又可知也。以秦之守，而沛公攻入之，沛公之守，而籍攻入之；然则亡秦之守，籍不能入哉？或曰："秦可入矣，如救赵何？"曰：虎方捕鹿，罴据其穴，搏其子，虎安得不置鹿而返，返则碎于罴明矣。军

---

① 函谷关，在今河南省灵宝市南，战国时秦故关也。山形如函，故曰"函关"。《西征记》："关城在谷中，深险如函，故名。"
② 羽封沛公为汉王，王巴蜀汉中。
③ 彭城，今江苏省徐州市铜山区。
④ 羽三分关中，王秦降将，以章邯为雍王，王咸阳以西。司马欣为塞王，王咸阳以东。董翳为翟王，王上郡。是为三秦。
⑤ 项梁，楚将项燕子。章邯，秦将，后封雍王。伐赵事详前。

志所谓攻其必救也。使籍入关，王离、涉间①必释赵自救，籍据关逆击其前，赵与诸侯救者十余壁蹑其后，覆之必矣。是籍一举解赵之围，而收功于秦也。战国时，魏伐赵，齐救之，田忌引兵疾走大梁，因存赵而破魏。②彼宋义③号知兵，殊不达此，屯安阳④不进，而曰："待秦敝。"吾恐秦未敝，而沛公先据关矣，籍与义俱失焉。

是故古之取天下者，常先图所守，诸葛孔明弃荆州而就西蜀，吾知其无能为也。且彼未尝见大险也，彼以为剑门⑤者，可以不亡也。吾尝观蜀之险，其守不可出，其出不可继，兢兢而自完，犹且不给，而何足以制中原哉？若夫秦汉之故都，沃土千里，洪河大山，真可以控天下，又乌事夫不可以

---

① 王离，王翦之孙，与涉间皆秦将。
② 田忌，齐将，魏伐赵，赵请救于齐，齐以田忌为将，孙子为师。忌欲引兵之赵，孙子曰："不若引兵疾走大梁，彼必释赵而自救，是我一举解赵之围，而救弊于魏也。"田忌从之。魏果去邯郸，与齐战于桂陵，大破梁军。
③ 宋义，楚上将军，号为卿子冠军。
④ 安阳，在今山东曹县东。
⑤ 剑门，山名，在四川剑阁县北。

措足如剑门者，而后曰险哉。今夫富人，必居四通五达之都，使其财布出于天下，然后可以收天下之利；有小丈夫者，得一金，椟而藏诸家，拒户而守之。呜呼！是求不失也，非求富也。大盗至，劫而取之，又焉知其果不失也。

乐论

礼之始作也，难而易行，既行也，易而难久。天下未知君之为君，父之为父，兄之为兄，而圣人为之君父兄；天下未有以异其君父兄，而圣人为之拜起坐立，天下未肯靡然①以从我拜起坐立，而圣人身先之以耻。呜呼！其亦难矣，天下恶夫死也久矣，圣人招之曰："来，吾生尔。"既而其法果可以生天下之人，天下之人，视其向也如此之危，而今也如此之安，则宜何从。故当其时，虽难而易行，既行也，天下之人，视君父兄，如头足之不待别白而后识，视拜起坐立，如寝食之不待告语而后从事。虽然，百人从之，一人不从，则其势不得遽至

---

① 靡然，随顺之意。

乎死。天下之人，不知其初之无礼而死，而见其今之无礼而不至乎死也，则曰："圣人欺我。"故当其时虽易而难久。

呜呼！圣人之所恃以胜天下之劳逸者，独有死生之说耳。死生之说，不信于天下，则劳逸之说，将出而胜之；劳逸之说胜，则天下之权去矣。酒有鸩①，肉有堇②，然后人不敢饮食，药可以生死，然后人不以苦口为讳；去其鸩，彻其堇，则酒肉之权固胜于药。圣人之始作礼也，其亦逆知其势之将必如此也。曰："告人以诚，而后人信之。"幸今之时，吾之所以告人者，其理诚然，而其事亦然，故人以为信。吾知其理，而天下之人知其事，事有不必然者，则吾之理不足以折天下之口，此告语之所不及也。

告语之所不及，必有以阴驱而潜率之。于是观之天地之间，得其至神之机，而窃之以为乐。雨，吾见其所以湿万物也；日，吾见其所以燥万物也；

---

① 鸩，zhèn，毒鸟，食蛇，其羽画酒，饮之即死。
② 堇，jìn，毒药名，乌头也。

风，吾见其所以动万物也。隐隐硡硡而谓之雷者①，彼何用也？阴凝而不散，物蹙②而不遂，雨之所不能湿，日之所不能燥，风之所不能动。雷一震焉，而凝者散，蹙者遂。曰雨者，曰日者，曰风者，以形用。曰雷者，以神用，用莫神于声，故圣人因声以为乐。为之君臣、父子、兄弟者，礼也；礼之所不及，而乐及焉。正声入乎耳，而人皆有事君、事父、事兄之心，则礼者固吾心之所有也，而圣人之说，又何从而不信乎？

谏论上③

古今论谏④，常与讽⑤而少直，其说盖出于仲尼⑥，吾以为讽、直一也，顾用之术何如耳。伍举进

---

① 硡，hóng，大声。扬雄《法言》："或问大声曰：'非雷非霆，隐隐硡硡。'"
② 蹙，cù，聚拢。
③ 自注云："贤君不时有，忠臣不时得，故作《谏论》。"
④ 《白虎通》："谏，间也，因也，更也，是非相间革，更其行也。"又《周礼》"谏"字注："谏犹正也，以道正人行。"
⑤ 讽，指用委婉、譬喻的语言劝告。
⑥ 《家语》："孔子曰：忠臣之谏君有五义焉：一曰谲谏，二曰戆谏，三曰降谏，四曰直谏，五曰讽谏，惟度主而行之，吾从其讽谏乎？"

隐语，楚王淫益甚①，茅焦解衣危论，秦帝立悟②，讽固不可尽与，直亦未易少之。吾故曰："顾用之之术何如耳。"然则仲尼之说非乎？曰：仲尼之说，纯乎经者也，吾之说，参乎权而归乎经者也。如得其术，则人君有少不为桀纣者，吾百谏而百听矣，况虚己者乎？不得其术，则人君有少不若尧舜者，吾百谏而不百听矣，况逆忠者乎？然则奚术而可？曰：机智勇辩，如古游说③之士而已。夫游说之士，以机智勇辩济其诈，吾欲谏者，以机智勇辩济其忠，请备论其效：

周衰，游说炽于列国，自是世有其人，吾独怪夫谏而从者百一，说而从者十九，谏而死者皆是，说而死者未尝闻。然而抵触忌讳，说或甚于谏，由

---

① 庄王即位，三年不出号令，日夜为乐，伍举入谏，进隐语曰："有鸟在于阜，三年不蜚不鸣，是何鸟也？"庄王曰："三年不蜚，蜚将冲天，三年不鸣，鸣将惊人，举退矣，吾知之矣。"居数月，淫益甚。
② 秦太后与嫪毐通，始皇诛毐，迁太后于雍下，谏而死者二十七人。茅焦谏曰："陛下有狂悖之行，不自知耶！车裂假父，囊扑二弟，迁母于雍，残戮谏臣，令天下闻之，尽瓦解无向秦者，臣言已矣。"乃解衣伏质。王下殿手接之，迎太后归。
③ 说，shuì，亦谈说也。《增韵》：说诱，谓以言语谕人使从己也。

是知不必乎讽谏,而必乎术也。说之术,可为谏法者五:理谕之、势禁之、利诱之、激怒之、隐讽之之谓也。

触詟以赵后爱女贤于爱子,未旋踵而长安君出质①;甘罗以杜邮之死诘张唐,而相燕之行有日②;赵卒以两贤王之意语燕,而立归武臣;③此理

---

① 赵太后用事,秦急攻之,赵求救于齐,齐曰:"必以长安君为质,兵乃出。"太后不肯。左师触詟见太后曰:"老臣窃以为媪之爱燕后,贤于长安君。夫父母之爱子,则为之计深远,媪之送燕后也,持其踵为之泣,念悲其远也。已行,非弗思也,祭祀必祝之,祝曰:必勿使反。岂非计久长,有子孙相继为王也哉?今媪尊长安君之位,而封之以膏腴之地,多予之重器,而不及今令有功于国,一旦山陵崩,长安君何以自托于赵?老臣以媪为长安君计短也,故以为爱不若燕后。"太后曰:"诺。"于是长安君质于齐,齐兵乃出。

② 秦使张唐往相燕,共谋伐赵,唐不肯行。甘罗见唐曰:"应侯欲攻赵,武安君难之,去咸阳七里,而立死于杜邮(秦地名,在今陕西咸阳市东北)。今文信侯请卿相燕,而不肯行,臣不知卿所死处矣!"张唐乃行。

③ 赵王武臣间出为燕军所得,燕将囚之,欲与分赵地半乃归。赵使者往,燕辄杀之以求地,张耳、陈余患之。有厮养卒曰:"吾为公说燕。"谓燕将曰:"君知张耳、陈余何如人也?"曰:"贤人也。"曰:"知其志何欲?"曰:"欲得其王耳。"养卒乃笑曰:"两人名为求王,实欲燕杀之,而分赵自立。夫以一赵尚易燕,况以两贤王,左提右挈,而责杀王之罪,灭燕易矣!"燕将以为然,乃归赵王。

而谕之也。子贡以内忧教田常,而齐不得伐鲁;①武公以麋鹿胁顷襄,而楚不敢图周;②鲁连以烹醢惧垣衍,而魏不果帝秦;③此势而禁之也。田生以万户侯启张卿,而刘泽封;④朱建以富贵饵闳孺,

---

① 田常欲作乱于齐,惮国高、鲍晏,故移兵伐鲁。子贡往说田常曰:"吴强鲁弱,不如伐吴。"田常忿然作色,子贡曰:"夫忧在内者攻强,忧在外者攻弱,今君忧在内,伐吴不胜,民人外死,大臣内空。是君上无强臣之敌,下无民人之过,孤主制齐者唯君也。"常曰善。
② 楚顷襄王欲图周,赧王使武公谓楚相昭子,曰:"西周之地不过百里,攻之者名为弑君,然犹有欲攻之者,见祭器在焉故也。夫虎肉臊而兵利身,人犹攻之,若使泽中之麋,蒙虎之皮,人之攻之,必万于虎。今子欲诛残天下之共主,居三代之传器,器南则兵至矣。"楚乃止。
③ 秦围赵,魏王使新垣衍谓赵王,使共尊秦昭王为帝。鲁仲连往见衍曰:"昔九侯、鄂侯、文王,纣之三公也。纣醢九侯,脯鄂侯,拘文王欲令之死,曷为与人俱称帝王,卒就脯醢之地乎?"衍再拜曰:"吾不敢复言帝秦矣。"
④ 营陵侯刘泽,汉高祖从祖昆弟也。吕后时,齐人田生游乏赀,泽用金二百斤为田生寿。田生如长安,令其子求事吕后所幸大谒者张卿,居数月,田生说张卿曰:"太后欲立吕产为王,恐大臣不听,卿何不风大臣以闻太后,太后必喜,诸吕以王,万户侯亦卿之有也。"张卿乃风大臣言太后,立吕产为吕王。田生因说之曰:"吕产王,诸大臣未大服,今营陵侯刘泽,诸刘长,卿言太后裂十余县王之,彼得王喜,于诸吕王益固矣。"张卿入言之,遂立泽为琅琊王。

苏洵文

而辟阳赦;① 邹阳以爱幸悦长君，而梁王释;② 此利而诱之也。苏秦以牛后羞韩，而惠王按剑太息;③ 范雎以无王耻秦，而昭王长跪请教;④ 郦生以助秦凌汉，而沛公辍洗听计;⑤ 此激而怒之也。苏代以

---

① 辟阳侯（审食其封辟阳侯。）幸吕太后，人或毁辟阳侯，惠帝怒，欲诛之。辟阳侯急，因朱建求见惠帝之幸臣闳籍孺，说之曰："辟阳侯幸太后而下吏，道路皆言君谗欲杀之，今日诛侯，旦日太后亦诛君。君何不肉袒为辟阳侯言于帝，出辟阳侯，太后大欢，君富贵益倍矣。"孺从其计，果出辟阳侯。
② 梁孝王以杀袁盎故谋反，事败恐诛，乃往谢邹阳，令求方略解罪于上者。阳见王美人兄王长君曰："窃闻长君弟得幸后宫，天下无有，而长君行迹多不循道理。今袁盎事即穷竟，梁王恐诛，如此则太后拂悒，切齿侧目于贵臣，长君危矣！长君诚能为上言，得毋竟梁王事，太后厚德长君，长君之弟幸于两宫，金城之固也。"长君乃入言之，事果得不竟。
③ 苏秦为赵合纵，说韩宣惠王曰："臣闻鄙谚曰：'宁为鸡口，无为牛后。'今大王西面交臂而臣事秦，何以异于牛后乎？夫以大王之贤，挟强韩之兵，而有牛后之名，臣窃为大王羞之。"韩王忿然作色，攘臂按剑，仰天太息曰："寡人虽死，必不能事秦！"
④ 范雎见秦昭王，佯为不知永巷，而入其中，宦者曰："王至！"雎曰："秦安得王，独有太后、穰侯耳。"欲以感怒昭王。王闻之，遂延迎谢雎，屏左右，跪而问曰："先生何以幸教寡人？"
⑤ 郦生（名食其。）谒沛公，公方倨床，使两女子洗足。郦生长揖不拜，曰："足下欲诛无道秦，不宜倨见长者！"沛公辍洗谢之。

土偶笑田文,①楚人以弓缴感襄王,②蒯通以娶妇悟齐相,③此隐而讽之也。

五者,相倾险诐之论,虽然,施之忠臣,足以成功。何则？理而谕之,主虽昏必悟；势而禁之,主虽骄必惧；利而诱之,主虽怠必奋；激而怒之,主虽懦必立；隐而讽之,主虽暴必容；悟则明,惧则恭,奋则勤,立则勇,容则宽,致君之道尽于此矣。

吾观昔之臣,言必从,理必济,莫如唐魏郑

---

① 秦昭王闻孟尝君贤,使泾阳君为质以求见。孟尝君将入秦,苏代曰："今日代从外来,见土偶人与桃梗相与语,土偶人谓桃梗曰：'今子东国之桃梗也,刻削子以为人,降雨下,淄水至,流子而去,则子漂漂者将何如耳？'今秦四塞之国,譬若虎口,而君入之,则臣不知君所出矣。"孟尝君乃止。

② 楚人,有好以弱弓微缴,加归雁之上者,顷襄王召而问之。对曰："此何足为大王道也,昔三王以弋道德,五霸以弋战国,王何不以圣人为弓,以勇士为缴,又加而弋之,此六双者可得而囊载也。其乐非特朝夕之乐也,其获非特凫雁之实也。"

③ 齐悼惠王时,曹参为相,齐处士东郭先生、梁石君二人,隐居不仕。蒯通见相国曰："妇人有夫死三日而嫁者,有幽居守寡不出门者,足下即欲求妇,何取？"曰："取不嫁者。"通曰："然则求臣亦犹是也。东郭先生、梁石君,隐居不嫁,未尝卑节以求仕也,愿使人礼之。"相国以为上宾。

公,① 其初实学纵横之说,此所谓得其术者欤?噫!龙逢、比干,② 不获称良臣,无苏秦、张仪③之术也。苏秦、张仪不免为游说,无龙逢、比干之心也。是以龙逢、比干,吾取其心,不取其术;苏秦、张仪,吾取其术,不取其心,以为谏法。

谏论下

夫臣能谏,不能使君必纳谏,非真能谏之臣;君能纳谏,不能使臣必谏,非真能纳谏之君。欲君必纳乎?向之论备矣。欲臣必谏乎?吾其言之:

夫君之大,天也,其尊,神也,其威,雷霆也;人之不能抗天触神忤雷霆亦明矣,圣人知其然,故立赏以劝之,传曰"兴王赏谏臣"④是也。犹惧其选懦阿谀,⑤ 使一日不得闻其过;故制刑以威

---

① 唐魏征,字玄成,太宗时拜谏议大夫,后封郑国公。
② 龙逢,姓关,谏桀不听,为桀所杀。比干,纣诸父,强谏为纣剖心而死。
③ 张仪,魏人,与苏秦俱事鬼谷先生。
④ 兴王句,见《国语》。
⑤ 选懦,xùn ruǎn,畏怯之意,《汉书·西南夷传》:"议者选懦,复守和议。"选,通"巽",柔弱。阿,比也。谀,谄也,《荀子》:"以不善和人者谓之谀。"

之,《书》曰"臣下不正其刑墨"①是也。人之情,非病风丧心,未有避赏而就刑者,何苦而不谏哉?赏与刑不设,则人之情又何苦而抗天触神忤雷霆哉?自非性忠义,不悦赏,不畏罪,谁欲以言博死者?人君又安能尽得性忠义者而任之?

今有三人焉:一人勇,一人勇怯半,一人怯,有与之临乎渊谷者,且告之曰:"能跳而越,此谓之勇,不然为怯。"彼勇者耻怯,必跳而越焉。其勇怯半者与怯者,则不能也。又告之曰:"跳而越者与千金,不然则否。"彼勇怯半者奔利,必跳而越焉。其怯者犹未能也,须臾顾见猛虎暴然向逼,则怯者不待告,跳而越之如康庄②矣。然则人岂有勇怯哉?要在以势驱之耳。

君之难犯,犹渊谷之难越也。所谓性忠义,不悦赏,不畏罪者,勇者也,故无不谏焉。悦赏者,勇怯半者也,故赏而后谏焉。畏罪者,怯者也,故

---

① 《尚书·伊训》:"臣下不匡其刑墨。""匡"字,避宋太祖讳作"正"。墨,五刑之一,以墨书凿其额头。
② 康庄,《尔雅·释宫》:"五达谓之康,六达谓之庄。"《史记·孟子荀卿传》:"为开第康庄之衢。"指四通八达的大道。

刑而后谏焉。先王知勇者不可常得,故以赏为千金,以刑为猛虎,使其前有所趋,后有所避,其势不得不极言规失,此三代所以兴也。末世不然,迁其赏于不谏,迁其刑于谏,宜乎臣之嗫口①卷舌,而乱亡随之也。间或贤君欲闻其过,亦不过赏之而已。呜呼!不有猛虎,彼怯者肯越渊谷乎?此无他,墨刑之废耳。三代之后,如霍光诛昌邑不谏之臣者,②不亦鲜哉!今之谏赏,时或有之,不谏之刑,缺然无矣;苟增其所有,有其所无,则谀者直,佞者忠,况忠直者乎?诚如是,欲闻谠言③而不获,吾不信也。

管仲论

管仲相桓公④,霸诸侯,攘戎狄,终其身,齐国

---

① 嗫,口闭,《史记·晁错传》:"嗫口不敢复言。"
② 霍光,字子孟,去病异母弟。昌邑王名贺。昌邑群臣,坐亡辅导之谊,陷王于恶,霍光悉诛二百余人。
③ 谠言,直言,《汉书·班固叙传》:"吾久不见班生,今日复闻谠言。"
④ 管仲,名夷吾,颍上人。

富强，诸侯不叛。管仲死，竖刁、易牙、开方用[①]，桓公薨于乱，五公子争立[②]，其祸蔓延，讫简公[③]，齐无宁岁。

夫功之成，非成于成之日，盖必有所由起；祸之作，不作于作之日，亦必有所由兆。则齐之治也，吾不曰管仲，而曰鲍叔[④]；及其乱也，吾不曰竖刁、易牙、开方，而曰管仲。何则？竖刁、易牙、开方三子，彼固乱人国者，顾其用之者桓公也。夫有舜，而后知放四凶[⑤]，有仲尼，而后知去少正

---

① 竖刁，寺人刁。易牙，饔人，善烹调。开方，卫之公子。《韩非子》：管仲有病，桓公往问之，管仲曰："愿君去竖刁、易牙，远卫公子开方。易牙为君主味，君唯人肉未尝，易牙烝其子首而进之；君妒而好内，竖刁自宫以治内；开方事君十五年，齐、卫之间，不容数日行，弃其母久官不归。臣闻之，矜伪不长，盖虚不久，愿君去此三子也！"管仲卒死，桓公弗行。
② 《左传》："齐侯好内，多内宠，内嬖如夫人者六人：长卫姬生武孟，少卫姬生惠公，郑姬生孝公，葛嬴生昭公，密姬生懿公，宋华子生公子雍。公与管仲属孝公于宋襄公，以为太子，……管仲卒，五公子皆求立。"
③ 简公，名壬，为田常所弑。
④ 鲍叔，名牙，荐管仲于桓公者。
⑤ 《尚书·舜典》："流共工于幽州，放驩兜于崇山，窜三苗于三危，殛鲧于羽山。"

卯①。彼桓公何人也？顾其使桓公得用三子者，管仲也。仲之疾也，公问之相，当是时也，吾以仲且举天下之贤者以对，而其言乃不过曰"竖刁、易牙、开方三子，非人情，不可近"而已。呜呼！仲以为桓公果能不用三子矣乎？仲与桓公处几年矣，亦知桓公之为人矣乎？桓公声不绝乎耳，色不绝乎目，而非三子者，则无以遂其欲。彼其初之所以不用者，徒以有仲焉耳，一日无仲，则三子者，可以弹冠相庆②矣。

仲以为将死之言，可以絷③桓公之手足耶？夫齐国不患有三子，而患无仲；有仲，则三子者三匹夫耳。不然，天下岂少三子之徒哉。虽桓公幸而听仲，诛此三人，而其余者，仲能悉数而去之耶？呜呼！仲可谓不知本者矣。因桓公之问，举天下之贤者以自代，则仲虽死，而齐国未为无仲也，夫何患

---

① 少正卯，鲁之闻人，孔子为鲁司寇，诛之两观之下，曰：天下有大恶五，而少正卯兼有之，不可不除也。
② 弹冠相庆，言整洁其冠，将出而仕，《汉书》："王阳在位，贡公弹冠。"
③ 絷，系。

三子者？不言可也。

五霸莫盛于桓、文。文公①之才，不过桓公，其臣又皆不及仲；灵公②之虐，不如孝公③之宽厚。文公死，诸侯不敢叛晋，晋袭文公之余威，得为诸侯之盟主者，百有余年。何者？其君虽不肖，而尚有老成人焉。桓公之薨也，一败涂地。无惑也，彼独恃一管仲，而仲则死矣。夫天下未尝无贤者，盖有有臣而无君者矣。桓公在焉，而曰天下不复有管仲者，吾不信也。

仲之书，有记其将死，论鲍叔、宾胥无之为人，且各疏其短④。是其心以为是数子者，皆不足以托国，而又逆知其将死，则其书诞谩不足信也。吾观史䲡，以不能进蘧伯玉，而退弥子瑕，故有身后之谏；⑤萧

---

① 文公，指晋文公重耳。
② 灵公，名夷皋，晋文公孙。
③ 孝公，桓公子，即公子昭。
④ 《管子·戒篇》：管子寝疾，对桓公曰："鲍叔之为人也，好直而不能以国诎；宾胥无之为人也，好善而不能以国诎。"
⑤ 史䲡，字子鱼，卫大夫。䲡将死，命其子曰："吾不能进蘧伯玉，退弥子瑕，是不能正君也；生不能正君，死无成礼，置尸牖下毕矣。"灵公吊，怪而问之，子以父言告，灵公于是进蘧伯玉退弥子瑕。蘧伯玉，名瑗，卫之贤者。弥子瑕，灵公之嬖人。

何且死,举曹参以自代。①大臣之用心,固宜如此也。夫国以一人兴,以一人亡,贤者不悲其身之死,而忧其国之衰,故必复有贤者而后可以死。彼管仲者,何以死哉!

上韩枢密书②

太尉③执事:洵著书无他长,及言兵事,论古今形势,至自比贾谊④。所献《权书》,虽古人已往成败之迹,苟深晓其义,施之于今,无所不可。昨因请见,求进末议⑤,太尉许诺,谨撰其说,言语朴直,非有惊世绝俗之谈,甚高难行之论,太尉取其大纲,而无责其纤悉。

盖古者非用兵决胜之为难,而养兵不用之可畏。今夫水,激之山,放之海,决之为沟塍⑥,壅之

---

① 萧何病,孝惠帝临视,因问曰:"百年后,谁可代君者?"曰:"知臣莫若君。"孝惠曰:"曹参何如?"何顿首曰:"帝得之矣。"
② 韩琦,字稚圭,相州人,为枢密使。
③ 太尉,秦汉官名。宋枢密使与太尉官相当,故称枢密为太尉。
④ 贾谊,汉洛阳人,年十八,属文称于郡中。后为长沙王太傅,又为梁怀王太傅,王薨,谊自伤哭泣死,年三十三。
⑤ 司马迁《报任安书》:"仆亦尝厕下大夫之列,陪奉外廷末议。"
⑥ 塍,chéng,稻田畦。班固《西都赋》:"沟塍刻镂。"

为沼沚①，是天下之人能之。委江河，注淮泗，汇为洪波，潴②为大湖，万世而不溢者，自禹之后，未之见也。夫兵者，聚天下不义之徒，授之以不仁之器，而教之以杀人之事。夫惟天下之未安，盗贼之未殄③，然后有以施其不义之心，用其不仁之器，而试其杀人之事。当是之时，勇者无余力，智者无余谋，巧者无余技，故其不义之心，变而为忠，不仁之器，加之于不仁，而杀人之事，施之于当杀。及夫天下既平，盗贼既殄，不义之徒，聚而不散，勇者有余力，则思以为乱；智者有余谋，则思以为奸；巧者有余技，则思以为诈：于是天下之患杂然出矣。

盖虎豹终日而不杀，则跳踉大叫④以发其怒；蝮蝎终日而不螫⑤，则噬啮草木以致其毒：其理固

---

① 沚，池。《尔雅·释水》：“小渚曰沚。”《诗·召南·采蘩》："于沼于沚。"
② 潴，本作猪，水所停也。《尚书·禹贡》："大野既猪。"
③ 殄，tiǎn，灭绝，消灭。
④ 踉，liáng，《庄子·秋水篇》："跳踉乎井干之上。"柳子厚文："因跳踉大㘎。"
⑤ 螫，shì，《说文》："虫行毒。"《史记·淮阴侯列传》："猛虎之犹豫，不如蜂虿之致螫。"

苏洵文

然，无足怪者。昔者刘、项奋臂于草莽之间，秦、楚无赖子弟，千百为辈，争起而应者，不可胜数。转斗五六年，天下厌兵。项籍死，而高祖亦已老矣！方是时，分王诸将，改定律令，与天下休息。而韩信、黥布之徒，相继而起者七国，高祖死于介胄之间，而莫能止也。连延及于吕氏之祸，讫孝文而后定，是何起之易而收之难也？刘、项之势，初若决河，顺流而下，诚有可喜。及其崩溃四出，放乎数百里之间，拱手而莫能救也。呜呼！不有圣人，何以善其后。

太祖、太宗，躬擐甲胄①，跋涉险阻，以斩刈②四方之蓬蒿，用兵数十年，谋臣猛将满天下，一旦卷甲而休之，传四世而天下无变，此何术也？荆楚九江之地，不分于诸将，而韩信、黥布之徒，无以启其心也。虽然，天下无变，而兵久不用，则其不义之心，蓄而无所发，饱食优游，求逞于良民。观其平居无事，出怨言以邀其上，一日有急，是非人得千

---

① 擐，huàn，贯。《左传》："躬擐甲胄。"
② 刈，yì，芟草。

金,不可使也。往年诏天下缮完城池,西川之事,洵实亲见。凡郡县之富民,举而籍其名,得钱数百万,以为酒食馈饷①之费,杵声未绝,城辄随坏,如此者数年而后定。卒事,官吏相贺,卒徒相矜,若战胜凯旋而待赏者。比来京师,游阡陌②间,其曹往往偶语,无所忌讳,闻之士人,方春时尤不忍闻。盖时五六月矣。会京师忧大水,锄耰畚筑③,列于两河之壖④,县官日费千万,传呼劳问之声,不绝者数十里,犹且睊睊狼顾⑤,莫肯效用。且夫内之如京师之所闻,外之如西川之所亲见,天下之势,今何如也?

御将者,天子之事也;御兵者,将之职也。天子者养尊而处优,树恩而收名,与天下为喜乐者也,故其道不可以御兵。人臣执法而不求情,尽心

---

① 馈,犹归也,以物与人曰馈。饷,《说文》:"饟也。"送食物给人。
② 阡陌,qiān mò,路南北为阡,东西为陌。
③ 耰,yōu,锄耰,田器。《淮南子》:"民劳而利薄,后世为之耒耜耰锄。"畚,běn,盛土器,以草索为之。筑,捣也。《左传》:"称畚筑。"疏云:"筑者,筑土之杵。"
④ 壖,与"堧"同,岸边地。
⑤ 睊睊,juàn juàn,侧目相视貌。《晋书·宣帝纪》:"魏武察帝有雄豪志,闻有狼顾相,欲验之,乃召使前行,令反顾,面正向后,而身不动。"狼顾者,以狼性怯,走常还顾,因以喻人之有所畏惧也。

而不求名,出死力以捍^①社稷,使天下之心,系于一人,而己不与焉。故御兵者人臣之事,不可以累天子也。今之所患,大臣好名而惧谤,好名则多树私恩,惧谤则执法不坚,是以天下之兵,豪纵至此,而莫之或制也。

顷者狄公在枢府^②,号为宽厚爱人,狎昵士卒,得其欢心,而太尉适承其后。彼狄公者,知御外之术,而不知治内之道。此边将材也。古者兵在外,爱将军而忘天子;在内,爱天子而忘将军。爱将军所以战,爱天子所以守,狄公以其御外之心,而施诸其内,太尉不反其道,而何以为治?或者以为兵久骄不治,一旦绳以法,恐因以生乱。昔者郭子仪去河南,李光弼实代之,将至之日,张用济斩于辕门,三军股栗^③。夫以临淮^④之悍^⑤,而代汾阳^⑥之长

---

① 捍,通"扞",卫也。
② 狄青,字汉臣,宋汾州西河人,元昊反,青为延州指挥使,后又平侬智高。卒,谥武襄。
③ 唐乾元二年,召郭子仪还京师,以李光弼代之。光弼以骑五百,夜入其军,兵马使张用济屯河阳,谋逐光弼,不果,光弼执而斩之。
④ 李光弼,封临淮王。
⑤ 悍,《说文》:"勇也。"
⑥ 郭子仪,封汾阳王。

者，三军之士，竦然如赤子之脱慈母之怀，而立乎严师之侧，何乱之敢生？且夫天子者，天下之父母也；将相者，天下之师也。师虽严，不敢以怨其父母；将相虽厉，不敢以咎其君：其势然也。天子者，可以生人，可以杀人，故天下望其生。及其杀之也，天下曰："是天子杀之！"故天子不可以多杀，人臣奉天子之法，虽多杀，天下无所归怨，此先王所以威怀天下之术也。

伏惟太尉，思天下所以长久之道，而无幸一时之名；尽至公之心，而无恤三军之多言。夫天子推深仁以结其心，太尉厉威武以振其惰。彼其思天子之深仁，则畏而不至于怨；思太尉之威武，则爱而不至于骄。君臣之体顺，而畏爱之道立，非太尉吾谁望邪？

上欧阳内翰书 ①

洵布衣穷居，常窃有叹，以为天下之人，不能皆贤，不能皆不肖，故贤人君子之处于世，合必

---

① 欧阳修时为翰林学士。

苏洵文

离,离必合。往者天子方有意于治,而范公在相府①,富公为枢密副使②,执事与余公、蔡公为谏官③,尹公驰骋上下,用力于兵革之地④。方是之时,天下之人,毛发丝粟之才,纷纷然而起,合而为一。而洵也自度其愚鲁无用之身,不足以自奋于其间,退而养其心,幸其道之将成,而可以复见于当世之贤人君子。不幸道未成,而范公西,富公北⑤,执事与余公、蔡公,分散四出,而尹公亦失势奔走于小官⑥。洵时在京师,亲见其事,忽忽仰天叹息,以为斯人之去,而道虽成,不复足以为荣也。既复自思,念往者众君子之进于朝,其始也,必有善人焉搂之;今也亦必有小人焉推之⑦。今之世无复有善人

① 范公,谓范仲淹,庆历三年参知政事。
② 富公,谓富弼,庆历三年拜枢密副使。
③ 余公,谓余靖,蔡公,谓蔡襄,庆历中,同为谏官。
④ 尹公,谓尹洙,赵元昊反,洙尝在兵间,凡五六年。
⑤ 庆历四年,范公出为陕西河东宣抚使,富公出为河北宣抚使。
⑥ 欧公以孤甥张氏狱,左迁知制诰,知滁州。余公为御史王平所劾,出知吉州,改将作少监,分司南京,居曲江。蔡公以母老求知福州。尹公徙知晋州,又知潞州,后为将吏所讼,贬崇信军节度副使,徙监均州酒税。
⑦ 李维桢曰:"按仲淹之相,由欧阳公之推扬,仲淹及弼之抚西北,由夏竦之离间。"

也则已矣,如其不然也,吾何忧焉?姑养其心,使其道大有成而待之,何伤?退而处十年,虽未敢自谓其道有成矣,然浩浩乎其胸中若与曩者异。而余公适亦有成功于南方,执事与蔡公复相继登于朝,富公复自外入为宰相①,其势将复合为一,喜且自贺,以为道既已粗成,而果将有以发之也。既又反而思其向之所慕望爱悦之而不得见之者,盖有六人焉,今将往见之矣。而六人者,已有范公、尹公二人亡焉,则又为之潸然出涕以悲②。呜呼!二人者不可复见矣。而所恃以慰此心者,犹有四人也,则又以自解。思其止于四人也,则又汲汲③欲一识其面,以发其心之所欲言。而富公又为天子之宰相,远方寒士,未可遽以言通于其前。而余公、蔡公远者又在万里外,独执事在朝廷间,而其位差不甚贵,可以叫呼攀援而闻之以言,而饥寒衰老之病,又痼而留之,使不克自至于执事之庭。夫以慕望爱悦其人

---

① 余公平智高之乱于广南。至和元年,欧公迁翰林学士,蔡公迁龙图阁直学士,知开封府。二年,富公拜平章事、集贤殿大学士。
② 潸,shān,《说文》:涕流貌。《诗·小雅·大东》:"潸焉出涕。"
③ 汲汲,不休息貌。《汉书·扬雄传》:"不汲汲于富贵。"

之心，十年而不得见，而其人已死，如范公、尹公二人者，则四人者之中，非其势不可遽以言通者，何可以不能自往而遽已也？

执事之文章，天下之人莫不知之。然窃自以为洵之知之特深，愈于天下之人。何者？孟子之文，语约而意尽，不为巉刻①斩绝之言，而其锋不可犯。韩子②之文，如长江大河，浑浩流转，鱼鼋蛟龙，万怪惶惑，而抑遏蔽掩，不使自露。而人望见其渊然之光，苍然之色，亦自畏避，不敢迫视。执事之文，纡徐委备，往复百折，而条达疏畅，无所间断，气尽语极，急言竭论，而容与闲易，无艰难劳苦之态。此三者，皆断然自为一家之文也。惟李翱③之文，其味黯然而长，其光油然而幽，俯仰揖让，有执事之态。陆贽④之文，遣言措意，切近的当，有执事之实。而执事之才，又自有过人者，盖执事之文，非孟子、韩子之文，而欧阳子之文也。

---

① 巉，chán，山险绝如剗刻也。
② 韩子，谓韩愈，字退之，唐邓州南阳人。
③ 李翱，字习之，唐赵郡人，有《李文公集》。
④ 陆贽，字敬舆，唐嘉兴人，有《陆宣公奏议》。

夫乐道人之善，而不为谄者，以其人诚足以当之也。彼不知者，则以为誉人以求其悦己也。夫誉人以求其悦己，洵亦不为也。而其所以道执事光明盛大之德，而不自知止者，亦欲执事之知其知我也。虽然，执事之名，满于天下。虽不见其文，而固已知有欧阳子矣。而洵也，不幸堕在草野泥涂之中，而其知道之心，又近而粗成，欲徒手奉咫尺之书①，自托于执事，将使执事何从而知之，何从而信之哉？

洵少年不学，生二十五岁，始知读书，从士君子游。年既已晚，而又不遂刻意厉行②，以古人自期，而视与己同列者，皆不胜己，则遂以为可矣。其后困益甚，然后取古人之文而读之，始觉其出言用意，与己大异。时复内顾，自思其才，则又似夫不遂止于是而已者。由是尽烧曩时所为文数百篇，取《论语》《孟子》《韩子》，及其他圣人贤人之文，而兀然端坐，终日以读之者七八年。方其始也，入其中而惶然，博观于其外而骇然以惊。及其

---

① 孔融《论盛孝章书》："公诚能驰一介之使，加咫尺之书。"
② 《庄子》："刻意尚行。"注：刻，削也，峻其意也，谓削意令峻也。

久也，读之益精，而其胸中豁然以明，若人之言固当然者，然犹未敢自出其言也。时既久，胸中之言日益多，不能自制，试出而书之，已而再三读之，浑浑①乎觉其来之易矣，然犹未敢以为是也。近所为《洪范论》《史论》凡七篇，执事观其如何？噫嘻！②区区而自言，不知者又将以为自誉，以求人之知己也。惟执事思其十年之心，如是之不偶然也而察之。

族谱引③

苏氏族谱，谱苏氏之族也。苏氏出于高阳④，而蔓延⑤于天下。唐神龙⑥初，长史味道刺眉州，卒于官⑦，一子留于眉，眉之有苏氏自此始。而谱不及

---

① 浑浑，波相随貌，《荀子·富国篇》："财货浑浑如泉源。"
② 噫嘻，叹也。《诗·周颂·噫嘻》："噫嘻成王。"
③ 族谱，氏族之谱系也，苏氏先世有名序者，故讳序为引。
④ 高阳，颛顼有天下之号也。其地即今河南杞县高阳城。
⑤ 蔓延，言如蔓生之草，延绵不绝也。
⑥ 神龙，唐武后年号。
⑦ 苏味道，唐栾城人，武后朝，拜同平章事，中宗复辟，坐张易之党，贬眉州刺使卒。眉州，唐置，今改为眉山市。

焉者，亲尽也，亲尽则曷为不及？谱为亲作也。凡子得书，而孙不得书也，何也？以著代也。自吾之父，以至吾之高祖，仕不仕，娶某氏，享年几，某日卒，皆书，而他不书者，何也？详吾之所自出也。自吾之父，以至吾之高祖，皆曰讳某，而他则遂名之，何也？尊吾之所自出也。谱为苏氏作，而独吾之所自出得详与尊，何也？谱吾作也。呜呼！观吾之谱者，孝悌之心，可以油然①而生矣。情见于亲，亲见于服，服始于衰②，而至于缌麻③，而至于无服，无服则亲尽，亲尽则情尽。情尽则喜不庆，忧不吊；喜不庆，忧不吊，则途人也。吾所与相视如途人者，其初兄弟也；兄弟，其初一人之身也。悲夫！一人之身，分而至于途人，此吾谱之所以作也。其意曰：分至于途人者，势也，势，吾无如之何也。幸其未至于途人也，使其未至于忽忘焉，可也。呜呼！观吾之谱者，孝悌之心，可以油然而生

---

① 油然，盛貌，《孟子》："天油然作云。"
② 衰，cuī，通"缞"，丧服，三年之丧用之。
③ 缌麻，五服之最轻者，本宗为高祖父母，及五服内之在小功以下者，服之。

矣。系之以诗曰：

吾父之子，今为吾兄。吾疾在身，兄呻不宁。数世之后，不知何人。彼死而生，不为戚欣。兄弟之情，如足于手，其能几何？彼不相能，彼独何心！

木假山记

木之生或蘖而殇①，或拱而夭②。幸而至于任为栋梁，则伐；不幸而为风之所拔，水之所漂，或破折或腐。幸而得不破折不腐，则为人之所材，而有斧斤之患。其最幸者，漂沉汩没③于湍④沙之间，不知其几百年，而其激射啮⑤食之余，或仿佛⑥于山者，则为好事者取去，强之以为山，然后可以脱泥沙而远斧斤。而荒江之濆⑦，如此者几何？不为好事者所见，而为樵夫野人所薪者，何可胜数！则其最幸者

---

① 蘖，芽之旁出者。短折曰殇。
② 两手合持曰拱，《孟子》："拱把之桐梓。"夭，谓夭折不尽天年也。
③ 汩，gǔ，汩没，浮沉之意。
④ 急流曰湍。
⑤ 啮，niè，侵蚀。
⑥ 仿佛，《说文》：若似也。
⑦ 濆，水厓也，韩愈文："天池之滨，大江之濆。"

之中，又有不幸者焉。

予家有三峰，每思之，则疑其有数存乎其间。且其蘖而不殇，拱而不夭，任为栋梁而不伐，风拔水漂而不破折不腐，不破折不腐而不为人所材，以及于斧斤，出于湍沙之间，而不为樵夫野人之所薪，而后得至乎此，则其理似不偶然也。然予之爱之，则非徒爱其似山，而又有所感焉。非徒爱之，而又有所敬焉。予见中峰，魁岸踞肆①，意气端重，若有以服其旁之二峰，二峰者，庄栗刻峭②，凛乎不可犯，虽其势服于中峰，而岌然③决无阿附④意。吁！其可敬也夫！其可以有所感也夫！

送石昌言使北引⑤

昌言举进士，时吾始数岁，未学也。忆与群儿

---

① 魁岸，体貌雄桀也。踞，盘踞。肆，犹放恣。
② 庄，谓容貌端严。《论语》："临之以庄则敬。"栗，谨敬。《尚书·舜典》："宽而栗。"刻峭，深切之义。
③ 岌然，高貌。
④ 阿，比也。附，依傍。
⑤ 昌言名扬休，宋眉州人，少孤，力学举进士，官工部郎中，尝使契丹，感寒毒，得风痹疾。

苏洵文

戏先府君侧,昌言从旁取枣栗啖我[①],家居相近,又以亲戚故甚狎[②]。昌言举进士日有名,吾后渐长,亦稍知读书,学句读[③],属对声律,未成而废。昌言闻吾废学,虽不言,察其意甚恨。后十余年,昌言及第第四人,守官四方,不相闻。吾以壮大,乃能感悔,摧折复学[④]。又数年,游京师,见昌言长安[⑤],相与劳问,如平生欢,出文十数首,昌言甚喜,称善。吾晚学无师,虽日为文,中心自惭,及闻昌言说,乃颇自喜。

今十余年,又来京师。而昌言官两制[⑥],乃为天子出使万里之外,强悍不屈之虏廷,建大旆[⑦],从骑数百,送车千乘,出都门,意气慨然。自思为儿

---

① 啖,噍啖也。《汉书·王吉传》:"吉妇取枣以啖吉。"
② 狎,近也,习也。《左传》:"宋华弱与乐辔,少相狎,长相优,又相谤也。"
③ 读,dòu。
④ 摧折,犹折节也,言顿改其旧所为也。《魏略》:徐庶少好任侠击剑,中平末,为人报仇,得脱,折节学问。《北齐书》:魏收折节读书,以文华显。
⑤ 长安,古都城也,名始于汉,故城在今陕西省西安市长安区西北。
⑥ 《宋史·职官志》:翰林为内制,中书为外制,谓之两制。
⑦ 旆,pèi,继旐之旗,后泛指旌旗。

时，见昌言先府君旁，安知其至此！富贵不足怪，吾于昌言，独有感也。大丈夫生不为将，得为使，折冲①口舌之间，足矣。

往年彭任从富公使还②，为我言曰："既出境，宿驿亭③，闻介马④数万骑驰过，剑槊⑤相摩，终夜有声，从者怛⑥然失色；及明，视道上马迹，尚心掉⑦不自禁。"凡虏所以夸耀中国者，多此类也。中国之人不测也，故或至于震惧而失辞，以为夷狄笑。呜呼！何其不思之甚也！昔者奉春君使冒顿，壮士健马皆匿不见，是以有平城之役⑧。今之匈奴，吾知

---

① 折冲，拒敌也。《晏子春秋》：不出樽俎之间，而折冲千里之外。
② 彭任，字有道，宋岳池人，庆历初，富弼使契丹议岁币，任与偕行。
③ 驿，马递也，旧时传达官文书之所，驿亭，驿传停止之所，亦称邮亭，即清世之驿站。
④ 介马，马之被甲者。《左传》成公二年：齐侯曰："余姑翦灭此而朝食。"不介马而驰之。
⑤ 槊，shuò，矛也。亦作"矟。"
⑥ 怛，dá，惊惧。
⑦ 掉，diào，摇，指内心颤动。
⑧ 冒顿，mò dú，汉初匈奴单于名。奉春君，汉刘敬封号。平城，汉县名，故城在今山西大同市东。汉高祖闻韩王信与匈奴欲击汉，使人觇之，冒顿匿其壮士肥牛马，但见老弱及羸畜，使者十辈来，皆言匈奴可击。帝使奉春君刘敬复往，还报曰："此必欲见短，伏奇兵争利，不可击也。"帝不听。遂至平城，冒顿纵精兵四十万骑，围帝于白登，七日围乃解。

其无能为也。孟子曰:"说大人则藐之①。"况于夷狄?请以为赠。

仲兄文甫字说

洵读《易》至《涣》之六四,曰:"涣其群,元吉②。"曰:嗟夫!群者,圣人之所欲涣以混一天下者也。盖余仲兄名涣,而字公群,则是以圣人之所欲解散涤荡者以自命也,而可乎?他日以告,兄曰:"子可无为我易之?"洵曰:"唯。"既而曰:请以文甫易之,如何?

且兄尝见夫水之与风乎?油然而行,渊然③而留,渟洄④汪洋,满而上浮者,是水也,而风实起之。蓬蓬⑤然而发乎大空,不终日而行乎四方,荡乎其无形,飘乎其远来,既往而不知其迹之所存

---

① 《孟子·尽心下》:"说大人则藐之,勿视其巍巍然。"注:藐焉而不畏之,则志意舒展,言语得尽也。
② 《吕氏春秋》:"涣者,贤也,群者,众也,元者,吉之始也。涣其群元吉者,其佐多贤也。"
③ 渊然,止貌。《管子·度地篇》:"水出地而不流者,命曰渊。"
④ 渟,水止也。洄,水流貌。
⑤ 蓬蓬,盛貌。《诗·小雅·采菽》:"维柞之枝,其叶蓬蓬。"

者,是风也,而水实形之。今夫风水之相遭乎大泽之陂①也,纡余委蛇②,蜿蜒沦涟③,安而相推,怒而相凌,舒而如云,蹙而如鳞,疾而如驰,徐而如缅④,揖让旋辟⑤,相顾而不前。其繁如縠⑥,其乱如雾,纷纭郁扰,⑦百里若一,汩乎顺流,至乎沧海之滨,滂薄汹涌,⑧号怒相轧,⑨交横绸缪,⑩放乎

---

① 陂,bēi,《诗·陈风·泽陂》:"彼泽之陂。"注:陂,泽障也。《尚书·禹贡》:"九泽既陂。"注:陂,障也。
② 纡余,言曲而旷也。司马相如赋:"纡余逶迤。"委蛇,wēi yí,自得之貌。《诗·召南·羔羊》:"退食自公,委蛇委蛇。"
③ 蜿蜒,wān yán,屈曲之状,李尤《德阳殿赋》:"连璧组之烂熳兮,杂虬文之蜿蜒。"沦,文貌,《诗·魏风·伐檀》:"河水清且沦猗。"注:沦,小风拂水成文,转如轮也。又"河水清且涟猗"注:涟,风行水成文也。
④ 缅,微丝也。按:缅,《三苏集》作"絗",或作"徊",今依《古文辞类纂》作"缅"。
⑤ 旋辟,犹逡巡也。
⑥ 縠,hú,绉纱曰縠。
⑦ 纷纭,乱也。郁,滞也。扰,乱也。
⑧ 磅礴,páng bó,充塞也。韩愈文:"蜿蟺扶舆,磅礴而郁积。"《庄子》:"旁礴万物。"汹涌,水声,司马相如《上林赋》:"汹涌澎湃。"
⑨ 轧,yà,势相倾也。《庄子·人间世》:"名也者,相轧也。"
⑩ 绸缪,犹缠绵也。《诗·唐风·绸缪》:"绸缪束薪。"

苏洵文

空虚,掉乎无垠,^①横流逆折,溃旋倾侧,宛转胶戾^②,回者如轮,萦者如带,直者如燧,^③奔者如焰,跳者如鹭,投者如鲤,殊状异态,而风水之极观备矣。故曰:"风行水上涣。"此亦天下之至文也。然而此二物者,岂有求乎文哉?无意乎相求,不期而相遭,而文生焉。是其为文也,非水之文也,非风之文也。二物者,非能为文,而不能不为文也,物之相使而文出于其间也,故曰此天下之至文也。

今夫玉非不温然美矣,而不得以为文;刻镂组绣,非不文矣,而不可以论乎自然。故夫天下之无营而文生之者,唯水与风而已。昔者君子之处于世,不求有功,不得已而功成,则天下以为贤;不求有言,不得已而言出,则天下以为口实。^④呜呼!此不可与他人道之,唯吾兄可也。

---

① 垠,yín,厓也。《楚辞·远游》:"其小无内兮,其大无垠。"
② 胶戾,邪曲也。
③ 古时积薪有寇则燔之,曰燧。直者如燧,谓水之溃起,其状似燧火燔而上起也。
④ 口实,犹俗言话柄。《尚书·仲虺之诰》:"予恐来世,以台为口实。"

名二子说

轮辐盖轸,①皆有职乎车,而轼②独若无所为者。虽然,去轼则吾未见其为完车也。轼乎!吾惧汝之不外饰也。天下之车莫不由辙,③而言车之功,辙不与焉。虽然,车仆马毙,而患亦不及辙,是辙者,善处乎祸福之间。辙乎!吾知免矣。

---

① 辐,fú,车轮中直木,内辏于毂,外入于牙者。《周礼·冬官考工记》:"辐也者,以为直指也。"覆乎车者曰盖。轸,zhěn,《说文》:"轸,车后横木也。"
② 轼,车前横木。《释名》:"轼,式也,所伏以式敬者也。"
③ 辙,车轮所碾迹。

苏轼文

苏轼文

前赤壁赋①

壬戌②之秋,七月既望,苏子与客泛舟,游于赤壁③之下。清风徐来,水波不兴,举酒属④客,诵明月之诗,歌窈窕之章。⑤少焉,月出于东山之上,徘徊于斗牛⑥之间。白露横江,水光接天,纵一苇⑦

---

① 李刚己曰:赤壁有五,黄州赤壁,非孙、曹交兵之处,故世人多讥东坡用事疏舛。而其实不然。孙、曹交兵,虽不知确在何地,然据曹公西望夏口,东望武昌之时断之,其必在夏口之东,武昌之西,固无疑义也。计其地距黄州本不甚远,东坡遥望山川,偶怀旧迹,观其语意,盖谓武、夏之间一带山川,为曹公困于周郎之处,固未尝专指黄州赤壁言也,世人不深究其文义,动辄断断争辩,固哉!
② 壬戌,宋神宗元丰五年。
③ 赤壁,在今湖北咸宁市嘉鱼县东北江滨,即吴周郎与曹操战处。顾祖禹《方舆纪要》云:赤壁在嘉鱼县,其北岸相对者,为乌林,即周瑜焚曹操船处。苏轼指黄州之赤鼻山为赤壁,误矣。江汉言赤壁者五:汉阳,汉川,黄州,嘉鱼,江夏也。当以嘉鱼之赤壁为据。
④ 属,zhǔ,劝。
⑤ 《诗·陈风·月出》首章:"月出皎兮,佼人僚兮,舒窈纠兮,劳心悄兮。"李维桢曰:"月出皎兮,喻美色之洁白,窈纠,其姿之舒也,佼人则美人也。东坡借此而赋,亦讥在位之不好德也。"
⑥ 斗牛,二星宿名。
⑦ 《诗·卫风·河广》:"谁谓河广,一苇杭之。"苇,兼葭之属,今以一苇喻小舟也。

之所如，凌万顷之茫然①。浩浩乎如冯虚御风②，而不知其所止；飘飘乎如遗世独立，羽化③而登仙。于是饮酒乐甚，扣舷④而歌之。歌曰："桂棹⑤兮兰桨，击空明兮泝流光。⑥渺渺⑦兮予怀，望美人兮天一方。"

客有吹洞箫者，⑧倚歌而和之，其声呜呜⑨然，如怨如慕，如泣如诉，余音袅袅⑩，不绝如缕。舞幽

---

① 茫然，旷远貌。
② 冯，píng，乘。《庄子·逍遥游》："列子御风而行，泠然善也。"
③ 世称成仙曰羽化，谓其飞升变化，如生羽翼也。《晋书》："好道者，皆谓之羽化矣。"
④ 舷，船边。
⑤ 舟中前推曰桨，后推曰棹。
⑥ 谢枋得云："秋水清见底，月在水中，谓之空明。月光与波俱动，谓之流光。摇桨曰击，逆水而上曰泝。"
⑦ 渺渺，远貌，谓望同朝之君子，在天之一方。
⑧ 无底者为洞箫。东坡《与范子丰书》云："今日李委秀才来相别，因以小舟载酒，饮赤壁下。李善吹笛，酒酣作数弄，风起水涌，大鱼皆出，上有栖鹘。坐念孟德、公瑾，如昨日耳。"此所谓客者，当即李委秀才也。
⑨ 呜呜，歌呼声。李斯《谏逐客书》："夫击瓮叩缶，弹筝搏髀，而歌呼呜呜快耳者。"一作乌乌。杨子幼《报孙会宗书》："仰天拊缶而呼乌乌。"
⑩ 袅，niǎo，袅袅，悠扬貌。

壑之潜蛟①，泣孤舟之嫠妇②。苏子愀然，③正襟危坐，而问客曰："何为其然也？"客曰："月明星稀，乌鹊南飞，此非曹孟德之诗乎？④西望夏口，⑤东望武昌，⑥山川相缪，⑦郁乎苍苍，⑧此非孟德之困于周郎者乎？⑨方其破荆州，下江陵，⑩顺流而东也，舳

---

① 李维桢曰："吹箫而潜蛟亦舞，喻己潜伏于谪所也。"
② 嫠，lí，嫠妇，寡妇。李维桢曰："寡妇闻此亦泣，喻己孤立不得于君也。"
③ 愀，qiǎo，愀然，容色变也。《礼记·哀公问》："愀然作色。"
④ 曹操《短歌行》曰："月明星稀，乌鹊南飞。绕树三匝，无枝可依。"孟德，曹操字。
⑤ 夏口，即今武汉市汉岸区一带。
⑥ 武昌，即今湖北武汉市江夏区。
⑦ 缪，本作"缭"，绕。
⑧ 苍苍，深青貌，《庄子·逍遥游》："天之苍苍，其正色邪？"
⑨ 《三国志·吴书·周瑜传》：曹公得其水军船步兵数十万，将士闻之皆恐，劝吴迎降。独瑜曰不可，以为当击。吴王遂选三万人，以瑜及程普为左右督，进与操遇于赤壁。瑜部将黄盖曰："寇众我寡，难以持久，操军船舰首尾相接，可烧而走也。"乃取蒙冲斗舰十艘，实以薪草，灌油其中，裹以帷幕，上建旌旗，豫备走舸系于其尾。先以书遗操，诈云欲降。时东南风急，盖以十舰著前，同时发火，火烈风猛，船往如箭，烧尽北船，延及岸上营落，人马烧溺，操军死者大半。周瑜，字公瑾。
⑩ 汉建安十三年，刘表卒。曹操至新野，表子琮举州降操。刘备奔江陵，操追之，至当阳及之。备走夏口，操进兵江陵，顺流东下。荆州本治汉寿，汉献帝初平元年，刘表徙治襄阳，今湖北襄阳市。江陵，今湖北荆州市。

舳舻①千里,旌旗蔽空,酾酒②临江,横槊赋诗,③固一世之雄也,而今安在哉?况吾与子,渔樵于江渚之上,侣鱼虾而友麋鹿。驾一叶之扁舟,举匏樽④以相属。寄蜉蝣于天地,⑤渺沧海之一粟。哀吾生之须臾,羡长江之无穷。挟飞仙以遨游,抱明月而长终。知不可乎骤得,托遗响于悲风。"

苏子曰:"客亦知夫水与月乎?逝者如斯,而未尝往也。盈虚者如彼,而卒莫消长也。盖将自其变者而观之,则天地曾不能以一瞬;⑥自其不变者而观之,则物与我皆无尽也,而又何羡乎?且夫天地之间,物各有主。苟非吾之所有⑦,虽一毫而莫取。惟江上之清风,与山间之明月,耳得之而为声,目遇

---

① 舳舻,zhú lú,方长船也。或曰:船尾曰舳,船首曰舻。
② 酾,shī,《诗·小雅·伐木》二章"酾酒有蓎"注:酾酒者,或以筐,或以草,泲之而去其糟也。李维桢:"酾酒,酌酒也,今临安人酌酒,亦曰酾酒。"
③ 元積云:"曹氏父子鞍马间为文,往往横槊赋诗。"
④ 匏樽,以匏为樽也。《诗·大雅·公刘》:"酌之用匏。"注:用匏为爵,俭以质也。
⑤ 蜉蝣,虫名,似蜻蛉而小,夏秋时,多近水而飞,往往数小时即死,故有朝生暮死之说也。
⑥ 瞬,目自动也。《吕氏春秋》:"万世犹一瞬。"
⑦ 李维桢曰:"谓轩冕冠带之类。"

之而成色,取之无禁,用之不竭,是造物①者之无尽藏也,而吾与子之所共适。"客喜而笑,洗盏更酌。肴核②既尽,杯盘狼籍。③相与枕藉乎舟中,不知东方之既白。

后赤壁赋

是岁④十月之望,步自雪堂⑤,将归于临皋⑥。二客从予过黄泥之坂⑦,霜露既降,木叶尽脱,人影在地,仰见明月,顾而乐之,行歌相答。已而叹曰:"有客无酒,有酒无肴。月白风清,如此良夜何?"客曰:"今者薄暮,举网得鱼,巨口细鳞,状似松江之鲈⑧。

---

① 造物,犹造化。
② 肴核,食非谷实曰肴核。
③ 狼籍,散乱。《史记·滑稽列传》:"履舄交错,杯盘狼籍。"
④ 是岁,仍壬戌之岁。
⑤ 子瞻年四十七,在黄州居临皋亭,就东坡作堂焉。堂以大雪中为之,因绘雪于四壁之间,故名之曰雪堂。
⑥ 临皋,在今湖北黄冈市南大江滨。
⑦ 黄泥之坂,自雪堂至临皋之路。
⑧ 松江,今上海松江区,产四鳃鲈,状与土附鱼相似,长仅五六寸。晋张翰因秋风起,思吴中菰菜、莼羹、鲈鱼脍,曰:"人生贵得适志,何能羁宦数千里,以要名爵乎?"遂命驾而归。《隋唐嘉话》云:"吴郡献松江鲈鱼鲙,炀帝曰:'所谓金齑玉鲙,东南之佳味也。'"

顾安所得酒乎？"归而谋诸妇。妇曰："我有斗酒，藏之久矣，以待子不时之需。"于是携酒与鱼，复游于赤壁之下。江流有声，断岸千尺。山高月小，水落石出。曾①日月之几何，而江山不可复识矣！

予乃摄衣而上，履巉岩②，披蒙茸③，踞虎豹④，登虬龙⑤。攀栖鹘之危巢⑥，俯冯夷之幽宫⑦，盖二客不能从焉。划然长啸，草木震动，山鸣谷应，风起浪涌。予亦悄然而悲，肃然而恐，凛乎其不可留也。反而登舟，放乎中流，听其所止而休焉。

时夜将半，四顾寂寥。适有孤鹤，横江东来，翅如车轮，玄裳缟衣⑧，戛然长鸣，掠⑨予舟而西也。须臾客去，予亦就睡。梦一道士，羽衣蹁跹⑩，过临

---

① 曾，céng，竟然。
② 巉，chán，山险绝如劖刻也。石窟曰岩。
③ 披，开。蒙茸，méng róng，乱貌。
④ 石类虎豹之状，踞而坐其上。
⑤ 古木有类虬龙者，攀而登其上。
⑥ 鹘，hú，鸷鸟。危巢，高巢也。
⑦ 冯夷，píng yí，华阴人，服八石得水仙，是为河伯。言俯而窥冯夷于深渊之幽宫。
⑧ 鹤身白而尾足黑，故以玄裳缟衣为喻。
⑨ 掠，拂过。
⑩ 蹁跹，pián xiān，旋行貌。张衡《东都赋》："蹴蹋蹁跹。"

皋之下，揖予而言曰："赤壁之游乐乎？"问其姓名，俯而不答。呜呼！噫嘻！我知之矣。畴昔之夜，飞鸣而过我者，非子也邪？道士顾笑，予亦惊悟。开户视之，不见其处。

始皇论

昔者生民之初，不知所以养生之具，击搏挽裂，与禽兽争一旦之命，惴惴然朝不谋夕，忧死之不给，是故巧诈不生而民无知。然圣人恶其无别，而忧其无以生也，是以作为器用耒耜弓矢舟车网罟①之类，莫不备至，使民乐生便利，役御万物而适其情，而民始有以极其口腹耳目之欲。器利用便而巧诈生，求得欲从而心志广，圣人又忧其桀猾②变诈而难治也，是故制礼以反其初。礼者所以反本复始也。③圣人非不知箕踞④而坐，不揖而食，便于人情，而适于四体之安也。将必使之习为迂阔难行

---

① 罟，gǔ，亦网。
② 桀猾，凶黠。
③ 《礼记》："礼也者，反本修古，不忘其初者也。"
④ 箕踞者，谓伸两脚其形如箕，《汉书·陈余传》："高祖箕踞骂詈。"

之节，宽衣博带，佩玉履舃，①所以回翔容与，②而不可以驰骤。上自朝廷而下至于民，其所以视听其耳目者，莫不近于迂阔。其衣以黼黻③文章，其食以笾豆簠簋，④其耕以井田，⑤其进取选举以学校，⑥其治民以诸侯。嫁娶死丧莫不有法，严之以鬼神，重之以四时，所以使民自尊而不轻为奸。故曰："礼之近于人情者非其至也。"周公、孔子所以区区于升降揖让之间，丁宁反覆而不敢失坠者，世俗之所谓迂阔，而不知夫圣人之权，固在于此也。

自五帝三代，相承而不敢破，至秦有天下，始皇帝以诈力而并诸侯，自以为智术之有余，而禹汤文武之不知出此也。于是废诸侯，破井田，凡所以

---

① 舃，xì，复履也。
② 容与，闲暇自得之貌。
③ 黼黻，fǔ fú，衣裳绘绣之文也。
④ 笾，古祭祀燕享用以盛果脯，形略与豆同，以竹为之。豆，亦祭祀所用，以盛醓酱濡物，以木为之，刻镂而髹以漆。簠，fǔ，祭祀燕享以盛稻粱，以木为之，形长方。簋，guǐ，祭祀燕享以盛黍稷，以木为之，其形圆。
⑤ 井田，周制授田之法，《孟子·滕文公上》："方里而井，井九百亩，其中为公田，八家皆私百亩，同养公田。"
⑥ 校学，皆古国学也，《孟子·滕文公上》："夏曰校，殷曰序，周曰庠，学则三代共之。"

治天下者,一切出于便利,而不耻于无礼,决坏圣人之藩墙,而以利器明示天下。故自秦以来,天下惟知所以救生避死之具,而以礼者为无用赘疣①之物。何者?其意以为生之无事乎礼也。苟生之无事乎礼,则凡可以得生者,无所不为矣。呜呼!此秦之祸,所以至今而未息欤!

昔者始有书契,以科斗为文,②而其后始有规矩摹画之迹,盖今所谓大小篆③者,至秦而更以隶,④其后日以变革,贵于速成,而从其易。又创为纸⑤以易简策。是以天下簿书符檄,繁多委压,而吏不能究,奸人有以措其手足。如使今世而尚用古之篆书简策,则虽欲繁多,其势无由。由此观之,则凡所以便利天下者,是开诈伪之端也。嗟夫!秦既不可及矣,苟后之君子欲治天下,而惟便利之求,则是引民而日趋于诈也,悲夫!

---

① 疣,yóu,赘疣,皮肤上赘生之结肉也。《庄子·骈拇》:"附赘县疣,出乎形哉,而侈于性。"
② 科斗,虾蟆子也,头大尾细,古书形似之,故曰科斗文。
③ 周宣王时,史籀作大篆,故亦曰籀文。秦相李斯作小篆。
④ 秦程邈作隶书。
⑤ 后汉和帝时,中常侍蔡伦,始以树肤、麻头、敝布、鱼网等造纸。

三苏文

伊尹论①

办天下之大事者,有天下之大节者也;立天下之大节者,狭天下者也。夫以天下之大,而不足以动其心,则天下之大节有不足立,而大事有不足办者矣。

今夫匹夫匹妇,皆知洁廉忠信为美也。使其果洁廉而忠信,则其智虑,未始不如王公大人之能也。唯其所争者止于箪食豆羹,②而箪食豆羹足以动其心,则宜其智虑之不出乎此也。箪食豆羹,非其道不取,则一乡之人,莫敢以不正犯之矣。一乡之人,莫敢以不正犯之,而不能办一乡之事者,未之有也。推此而上,其不取者愈大,则其所办者愈远矣。

让天下与让箪食豆羹,无以异也;治天下与治一乡,亦无以异也:然而不能者,有所蔽也。天下

---

① 伊尹名挚,耕于莘野,汤三聘始往相汤,伐桀,遂王天下。汤崩,其孙太甲无道,伊尹放之于桐三年,太甲悔过,复归于亳。
② 箪,盛饭竹器也。豆,木器也。《孟子·尽心下》:"好名之人,能让千乘之国,苟非其人,箪食豆羹见于色。"

之富，是箪食豆羹之积也，天下之大，是一乡之推也。非千金之子，不能运千金之资。贩夫贩妇，得一金而不知其所措，非智不若，所居之卑也。孟子曰："伊尹耕于有莘①之野，非其道也，非其义也，虽禄之以天下弗受也。"夫天下不能动其心，是故其才全。以其全才而制天下，是故临大事而不乱。

古之君子，必有高世之志，非苟求为异而已。卿相之位，千金之富，有所不屑，将以自广其心，使穷达利害，不能为之芥蒂，②以全其才，而欲有所为耳。后之君子，盖亦尝有其志矣，得失乱其中，而荣辱夺其外，是以役役至于老死而不暇，亦足悲矣！

孔子叙《书》，至于舜禹皋陶相让之际，盖未尝不太息也。夫以朝廷之尊，而行匹夫之让，孔子安取哉？取其不汲汲于富贵，③有以大服天下之心焉耳。夫太甲之废，天下未尝有是，而伊尹始行之，

---

① 莘，国名，《括地志》云："古莘国，在汴州陈留县东五里，故莘城是也。"陈留县，今为河南开封市祥符区陈留镇。
② 芥蒂，谓心胸有所鲠也。
③ 见前《上欧阳内翰书》注。

天下不以为惊；以臣放君，天下不以为僭；既放而复立，太甲不以为专。何则？其素所不屑者，足以取信于天下也。彼其视天下，眇然不足以动其心而岂忍以废放其君求利也哉！后之君子，蹈常而习故，惴惴焉惧不免于天下，一为希阔之行，则天下群起而诮之。不知求其素，而以为古今之变，时有所不可者，亦已过矣夫。

留侯论①

古之所谓豪杰之士者，必有过人之节，人情有所不能忍者，匹夫见辱，拔剑而起，挺身而斗，此不足为勇也。天下有大勇者，卒然临之而不惊，无故加之而不怒，此其所挟持者甚大，而其志甚远也。

---

① 张良字子房，其先韩人。秦灭韩，良悉以家财求客刺秦王，为韩报仇。秦皇帝东游，良与客狙击秦皇帝博浪沙中，误中副车，秦皇帝大怒。良更姓名亡匿下邳，尝闲从容步游下邳圯上，有老父至良所，直堕其履圯下，顾谓良曰："孺子下取履。"良愕然，欲殴之，为其老，乃强忍下取履。父曰："履我。"良长跪履之，父以足受，笑而去曰："孺子可教矣。后五日平明，与我会此。"良三往，始出一编书曰："读此，则为王者师矣。"遂去，旦日视其书，乃《太公兵法》也。良后从高祖定天下，封留侯，留在今江苏沛县东南城内，有张良庙。

苏轼文

夫子房受书于圯①上之老人也，其事甚怪。然亦安知其非秦之世，有隐君子者，出而试之？观其所以微见其意者，皆圣贤相与警戒之义，而世不察，以为鬼物，亦已过矣，且其意不在书。当韩之亡，秦之方盛也，以刀锯鼎镬②待天下之士，其平居无罪夷灭者，不可胜数，虽有贲育，③无所复施。夫持法太急者，其锋不可犯，而其势未可乘。子房不忍忿忿之心，以匹夫之力，而逞于一击之间，当此之时，子房之不死者，其间不能容发，盖亦已危矣。千金之子，不死于盗贼，何者？其身之可爱，而盗贼之不足以死也。子房以盖世之才，不为伊尹、太公之谋，而特出于荆轲、聂政④之计，以侥幸于不死，此圯上老人所为深惜者也。是故倨傲鲜腆⑤而深折之。彼其

---

① 圯，yí，桥也。
② 镬，huò，釜属。
③ 孟贲、夏育，皆古勇士。
④ 荆轲，卫人，为燕太子丹客，献樊於期首，及燕地图于秦，以匕首揕秦王，不中，为秦所杀。聂政，战国轵人，严仲子使刺韩相侠累，政以母在不许。母死，为仲子刺杀侠累，乃自破面决眼屠肠而死。
⑤ 姚鼐曰："《楚辞》：'切㳄涊之流俗。'王逸云：'㳄涊，垢浊也。'即鲜腆字。"校订者按：鲜腆，指厚颜、无礼的样子。

能有所忍也,然后可以就大事,故曰孺子可教也。

楚庄王伐郑,郑伯肉袒牵羊以逆,庄王曰:"其君能下人,必能信用其民矣。"遂舍之。① 勾践之困于会稽,而归臣妾于吴者,三年而不倦。② 且夫有报人之志,而不能下人者,是匹夫之刚也。夫老人者,以子房才有余,而忧其度量之不足,故深折其少年刚锐之气,使之忍小忿而就大谋,何则?非有平生之素,卒然相遇于草野之间,而命以仆妾之役,油然而不怪者,此固秦皇之所不能惊,而项籍之所不能怒也。观夫高祖之所以胜,而项籍之所以败者,在能忍与不能忍之间而已矣。项籍唯不能忍,是以百战百胜而轻用其锋。高祖忍之,养其全锋,而待其弊,此子房教之也。当淮阴破齐而欲自王,高祖发怒,见于词色。③ 由此观之,犹有刚强

---

① 楚庄王一节,见《左传》宣公十二年。
② 越王勾践为吴所败,栖于会稽,令大夫种守于国,与范蠡入宦于吴,三年而吴人遣之。
③ 《史记·淮阴侯列传》:韩信平齐,使人告汉王曰:"愿为假王。"汉王大怒,骂曰:"吾困于此,旦暮望若来佐我,乃欲自立为王。"张良、陈平蹑汉王足,因附耳语曰:"汉方不利,宁能禁信之王?不如因而立,善遇之,使自为守。"汉王悟,乃遣良往,立信为齐王。

不忍之气,非子房其谁全之?太史公疑子房以为魁梧奇伟,而其状貌乃如妇人女子,①不称其志气。呜呼!此其所以为子房欤?

论养士

春秋之末,至于战国,诸侯卿相,皆争养士,自谋夫说客谈天雕龙②坚白同异③之流,下至击剑扛鼎鸡鸣狗盗④之徒,莫不宾礼,靡衣玉食以馆于上者,何可胜数。越王勾践有君子六千人。魏无忌、⑤

---

① 《史记·留侯世家·赞》:"余以为其人计魁梧奇伟,至见其图,状貌如妇人好女,盖孔子曰:'以貌取人,失之子羽。'留侯亦云。"
② 《史记·孟子荀卿列传》:"谈天衍,雕龙奭。"注:驺衍善言天事,故曰谈天。驺奭修衍之文,饰若雕镂龙文,故曰雕龙。
③ 《史记·孟子荀卿列传》:"赵亦有公孙龙为坚白异同之辩。"坚白者,言坚执其说而守之,异同者,合众异以为同也。
④ 《史记·孟尝君列传》:秦昭王囚孟尝君,谋欲杀之,孟尝君使人抵昭王幸姬求解,幸姬曰:"妾愿得君狐白裘。"此时孟尝君有一狐白裘,入秦献之昭王,更无他裘,客有能为狗盗者,乃夜为狗以入秦宫臧中,取所献狐白裘献秦王幸姬,幸姬为言,昭王释孟尝君。孟尝君得出,即驰去,至关,关法鸡鸣而出客,客之居下坐者,能为鸡鸣,而鸡尽鸣,遂得度关。
⑤ 魏无忌,即信陵君。

齐田文、①赵胜、②黄歇、③吕不韦,④皆有客三千人。而田文招致任侠奸人六万家于薛,⑤齐稷下⑥谈者亦千人。魏文侯、⑦燕昭王、⑧太子丹,⑨皆致客无数。下至秦汉之间,张耳、陈余⑩号多士,宾客厮养,皆天下豪杰,而田横⑪亦有士五百人。其略见于传记者如此,度其余,当倍官吏而半农夫也,此皆奸民蠹国者,民何以支而国何以堪乎?

苏子曰:此先王之所不能免也,国之有奸也,

① 齐田文,即孟尝君。
② 赵胜,即平原君。
③ 黄歇,即春申君。
④ 吕不韦,秦相,封文信侯。
⑤ 孟尝君封于薛,今山东滕州市。
⑥ 稷下,地名,今淄博市临淄区北,齐古城西。《史记·田敬仲完世家》:"宣王喜文学,是以齐稷下学士复盛,且数百千人。"
⑦ 魏文侯,名斯,曾事子夏,礼段干木,有好贤之名。
⑧ 燕昭王,名平,立黄金台以招贤士,师事郭隗,用乐毅。
⑨ 太子丹,燕王喜之太子,使荆轲刺秦王不成,秦发兵击燕,燕王喜斩丹以献。
⑩ 张耳、陈余,皆大梁人。《史记·张耳陈余列传》:"张耳陈余,世传所称贤者,其宾客厮役,莫非天下俊杰,所居国无不取卿相者。"
⑪ 田横,田儋、田荣弟,齐灭,横与徒属五百人入海居岛中。汉高祖使人召之,横行未至洛阳,自杀,余五百人在海中闻横死,亦皆自杀。

犹鸟兽之有猛鸷，昆虫之有毒螫也。区处条理，使各安其处，则有之矣，锄而尽去之，则无是道也。吾考之世变，知六国之所以久存，而秦之所以速亡者，盖出于此，不可不察也。夫智勇辩力，此四者，皆天民之秀杰者也，类不能恶衣食以养人，皆役人以自养者也。故先王分天下之富贵，与此四者共之。此四者不失职，则民靖矣。四者虽异，先王因俗设法使出于一。三代以上出于学，战国至秦出于客，汉以后出于郡县吏，魏晋以来出于九品中正，① 隋唐至今出于科举，虽不尽然，取其多者论之。

六国之君，虐用其民，不减始皇二世，然当是时，百姓无一人叛者，以凡民之秀杰者，多以客养之，不失职也。其力耕以奉上，皆椎鲁②无能为者，虽欲怨叛而莫为之先，此其所以少安而不即亡也。

始皇初欲逐客，用李斯之言而止，③既并天下，

---

① 魏文帝立九品官人之法，州县皆置中正，区别人物，以九等第其高下，吏部据以铨授，其制至隋开皇中方罢。
② 椎鲁，愚钝。
③ 李斯为秦客卿，大臣建言，求仕者皆为其主游间秦耳，请一切逐之。李斯《上逐客书》，言缪公、孝公、惠王、昭王皆客之功，遂去逐客令。

则以客为无用，于是任法而不任人。谓民可以恃法而治，谓吏不必取才，取能守吾法而已。故堕名城，杀豪杰，民之秀异者，散而归田亩，向之食于四公子吕不韦之徒者，皆安归哉！不知其能槁项黄馘①以老死于布褐乎？抑将辍耕太息以俟时也。②秦之乱，虽成于二世，然使始皇知畏此四人者，有以处之，使不失职，秦之亡，不至若是速也。纵百万虎狼于山林而饥渴之，不知其将噬人，世以始皇为智，吾不信也。

楚汉之祸生民尽矣，豪杰宜无几，而代相陈豨，③从车千乘，萧曹④为政，莫之禁也。至文、景、武之世，法令至密，然吴濞、淮南、梁王、魏其、

---

① 馘，xù，《庄子·列御寇》："夫处穷闾陋巷，困窘织屦，槁项黄馘。"李颐曰："槁项，羸瘦貌。"司马彪曰："黄馘，谓面黄熟也。"
② 《史记·陈涉世家》："陈涉少时尝与人佣耕，辍耕之垄上怅恨久之，曰：'苟富贵无相忘。'佣者笑而应曰：'若为佣耕，何富贵也？'陈涉太息曰：'嗟乎！燕雀安知鸿鹄之志哉。'"
③ 豨，xī，陈豨，宛句人，以郎中封阳夏侯，为代相，多招致宾客，邯郸官舍皆满。
④ 萧曹，谓萧何、曹参。

武安①之流，皆争致宾客，世主不问也。岂惩秦之祸，以为爵禄不能尽縻天下士，故少宽之，使得或出于此也耶？若夫先王之政则不然，曰："君子学道则爱人，小人学道则易使也。"呜呼，此岂秦汉之所及也哉。

论隐公里克李斯郑小同王允之

公子翚请杀桓公，以求太宰，隐公曰："为其少故也，吾将授之矣，使营菟裘，吾将老焉。"翚惧，反谮公于桓公，而弑之。②

苏子曰：盗以兵拟人，人必杀之，夫岂独其所拟，途之人皆捕击之矣。涂之人与盗非仇也，以为不击，则盗且并杀己也。隐公之智，曾不若是途之人也。哀哉！隐公，惠公继室之子也，其为非嫡，

---

① 濞，bì，吴王濞，高帝兄仲之子也。既封吴，有豫章铜山，招致天下亡命者盗铸钱。淮南厉王，名长，高帝少子，收聚汉诸侯人，及有罪亡者匿与居。梁孝王，名武，文帝子，招延四方豪杰，自山以东，游说之士，莫不毕至。魏其侯窦婴，窦太后从兄子也。武安侯田蚡，景帝王皇后同母弟。皆好礼宾客，贤士争归之。
② 以上见《左传》隐公十一年。菟裘，鲁邑，今山东泗水县北有菟裘城，杜氏注："菟裘在泰山梁父县南。"

与桓均尔，而长于桓。隐公追先君之志，而授国焉，①可不谓仁乎？惜乎其不敏于智也。使隐公诛翚而让桓，虽夷、齐②何以尚兹。

骊姬欲杀申生而难里克，则优施来之；③二世欲杀扶苏，而难李斯，则赵高来之。④此二人之智，若出一人，而其受祸亦不少异。里克不免于惠公之

---

① 《左传》：惠公继室声子生隐公，仲子生桓公，而惠公薨，是以隐公立而奉之。杜氏注："隐公继室之子，当嗣世，以祯祥之故，追成父志，为桓尚少，是以立为太子，帅国人奉之。"
② 伯夷、叔齐，殷孤竹之二子，其父将死，遗命立叔齐。父死，叔齐逊伯夷，伯夷曰："父命也。"遂逃去，叔齐亦不立而逃。
③ 《晋语》：骊姬告优施曰："君既许我杀太子而立奚齐矣，吾难里克，奈何？"优施曰："吾来里克，一日而已。"乃往告里克曰："君既许骊姬杀太子而立奚齐，谋既成矣。"里克："吾秉君以杀太子，吾不忍，通复故交，吾不敢，中立其免乎？"优施曰："免。"优，优人，施其名也。
④ 《史记》：始皇东游会稽、琅琊，少子胡亥、李斯、赵高从，始皇崩，赵高欲矫诏立胡亥。乃谓李斯曰："今上崩，未有知者，定太子在君侯与高之口耳。且长子刚毅而武勇，信人而奋士，即位必用蒙恬为丞相，君侯终不怀通侯之印，归于乡里明矣。胡亥慈仁笃厚，轻财重士，可以为嗣君。君听臣之计，即长有封侯，释此不从，祸及子孙。"斯仰天垂泪太息曰："嗟乎！独遭乱世，既以不能死，安托命哉。"于是斯乃听高，相与谋诈为受诏，立胡亥为太子，赐长子扶苏剑以自裁，将军蒙恬赐死，胡亥立为二世皇帝。

诛①，李斯不免于二世之虐，②皆无足哀者，吾独表而出之，以为世戒。君子之为仁义也，非有计于利害，然君子之所为，义利常兼，而小人反是。李斯听赵高之谋，非其本意，独畏蒙氏之夺其位，故勉而听高。使斯闻高之言，即召百官陈六师而斩之，其德于扶苏，岂有既乎？何蒙氏之足忧！释此不为，而具五刑③于市，非下愚而何？呜呼！乱臣贼子，犹蝮蛇也，其所螫草木，犹足杀人，况其所噬啮者欤？

郑小同为高贵乡公侍中，尝诣司马师，师有密疏，未屏也，如厕还，问小同见吾疏乎？曰："不见。"师曰："宁我负卿，无卿负我。"遂鸩之。④王允之从王敦夜饮，辞醉先寝，敦与钱凤谋逆，允之

---

① 《左传》僖公十年："晋侯杀里克以说，将杀里克，公使谓之曰：'微子则不及此，虽然，子弑二君，与一大夫，为子君者，不亦难乎？'对曰：'不有废也，君何以兴，欲加之罪，其无辞乎！臣闻命矣。'伏剑而死。"
② 《史记》：赵高诬李斯与子由谋反，于是二世使高案丞相狱，治罪。高治斯，榜掠千余，不胜痛，自诬服，具五刑腰斩咸阳市。
③ 秦法，当三族者，皆先黥、劓，斩左右趾，笞杀之，枭其首，菹其骨肉于市，谓之具五刑。
④ 郑小同一节，见《三国志·高贵乡公纪注》。

已醒，悉闻其言，虑敦疑己，遂大吐，衣面皆污。敦果照视之，见允之卧吐中乃已。① 哀哉小同！殆哉岌岌乎允之也！孔子曰："危邦不入，乱邦不居。"有以也夫。

吾读史得鲁隐公、晋里克、秦李斯、郑小同、王允之五人，感其所遇，祸福如此，故特书其事，后之君子，可以观览焉。

论项羽范增

汉用陈平计，间疏楚君臣，项羽疑范增与汉有私，稍夺其权，增大怒曰："天下事大定矣，君王自为之，愿赐骸骨归卒伍。"归未至彭城，疽发背死②。

苏子曰：增之去善矣，不去，羽必杀增，独恨其不早耳。然则当以何事去？增劝羽杀沛公，羽不听，终以此失天下，当于是去耶？曰：否，增之欲杀沛公，人臣之分也。羽之不杀，犹有人君之度

---

① 王允之一节，见《晋书·王允之传》。
② 以上见《史记·项羽本纪》。彭城，今江苏省徐州市铜山区。

也,增曷为以此去哉。

《易》曰:"知几其神乎?"① 《诗》曰:"相彼雨雪,先集维霰。"② 增之去,当于羽杀卿子冠军时也。③ 陈涉之得民也,以项燕、扶苏。④ 项氏之兴也,以立楚怀王孙心,⑤ 而诸侯叛之也,以弑义帝。⑥ 且义帝之立,增为谋主矣,义帝之存亡,岂独为楚之盛衰,亦增之所与同祸福也。未有义帝亡,而增独能久存者也。羽之杀卿子冠军也,是弑义帝之兆

---

① "知几"句,见《周易·系辞下》。
② 霰,xiàn,此《诗·小雅·頍弁》之三章。朱注:"霰,雪之始凝者也,将大雨雪,必先微温,雪自上下,遇温气而搏,谓之霰,久而寒胜,则大雪矣。言霰集则将雪之候,以比老至则将死之征也。"
③ 杀卿子冠军事,详前《权书·项籍》。
④ 《史记·陈涉世家》:陈胜曰:"吾闻二世少子也,不当立,当立者乃公子扶苏,二世杀之,百姓多闻其贤,未知其死也。今诚以吾众,诈自称公子扶苏、项燕,为天下唱,宜多应者。"
⑤ 《史记·项羽本纪》:居鄛人范增,年七十,素居家好奇计。说项梁曰:"秦灭六国,楚最无罪,自怀王入秦不返,楚人怜之至今。今君起江东,楚蜂起之将皆争附君者,以君世世楚将,为能复立楚之后也。"项梁然其言,乃求楚怀王孙心民间,为人牧羊,立以为楚怀王。
⑥ 《史记·项羽本纪》:项王出之国,使人徙义帝,曰:"古之帝者地方千里,必居上游。"乃使使徙义帝长沙郴县,阴令衡山、临江王击杀之江中。义帝,即楚怀王孙心。

也;其弑义帝,则疑增之本也,岂必待陈平哉。物必先腐也,而后虫生之,人必先疑也,而后谗入之。陈平虽智,安能间无疑之主哉。

吾尝论:义帝天下之贤主也。独遣沛公入关,而不遣项羽,① 识卿子冠军于稠人之中,而擢为上将,② 不贤而能如是乎?羽既矫杀卿子冠军,义帝必不能堪,非羽弑帝,则帝杀羽,不待智者而后知也。增始劝项梁立义帝,诸侯以此服从,中道而弑之,非增之意也。夫岂独非其意,将必力争而不听也。不用其言,而杀其所立,羽之疑增,必自是始矣。

方羽杀卿子冠军,增与羽比肩而事义帝,君臣之分未定也。为增计者,力能诛羽则诛之,不能则去之,岂不毅然大丈夫也哉!增年已七十,合则

---

① 《史记·高祖本纪》:怀王以宋义为上将军,项羽为次将,北救赵。令沛公西略地入关,与诸将约,先入定关中者王之。
② 《史记·项羽本纪》:宋义使于齐,道遇齐使者高陵君显,曰:"公将见武信君乎?"曰:"然。"曰:"臣论武信君军必败,公徐行则免死,疾行则及祸。"楚军果大败,项梁死之。高陵君显谓楚王曰:"宋义论武信君之军必败,居数日果败,未战而先见败征,可谓知兵矣。"王召宋义与计事,而大悦之,因置以为上将军。

留，不合则去，不以此时明去就之分，而欲依羽以成功名，陋矣。虽然，增，高帝之所畏也，增不去，项羽不亡。呜呼！增亦人杰也哉。

策别·训兵旅三

其三曰："倡勇敢。"臣闻战以勇为主，以气为决。天子无皆勇之将，而将军无皆勇之士。是故致勇有术，致勇莫先乎倡，倡莫善乎私。此二者，兵之微权，英雄豪杰之士，所以阴用而不言于人，而人亦莫之识也。臣请得以备言之：

夫倡者何也？气之先也。有人人之勇怯，有三军之勇怯，人人而较之，则勇怯之相去，若梴与楹。① 至于三军之勇怯则一也，出于反覆之间，而差于豪厘之际，故其权在将与君。人固有暴猛兽而不操兵，出入于白刃之中而色不变者；有见虺蜴②

---

① 梴，当作"莛"。《庄子·齐物论》："故为是举莛与楹，厉与西施。"朱亦栋曰："莛言其小也，《汉书》：'以莛撞钟。'莛，草茎也。"
② 虺，huǐ，毒蛇也，长八九寸，扁头大眼，色如土。蜴，yì，蜥蜴也，长六七寸，头扁，有四脚，似壁虎，俗名四脚蛇。《诗·小雅·正月》："哀今之人，胡为虺蜴。"按：虺蜴，《古文辞类纂》作虺蝎。

而却走，闻钟鼓之声而战栗者。是勇怯之不齐，至于如此。然间阎之小民，争斗戏笑，卒然之间，而或至于杀人。当其发也，其心翻然，其色勃然，若不可以已者，虽天下之勇夫无以过之。及其退而思其身，顾其妻子，未始不恻然悔也。此非必勇者也，气之所乘，则夺其性而忘其故。故古之善用兵者，用其翻然勃然于未悔之间。而其不善者，沮其翻然勃然之心，而开其自悔之意，则是不战而先自败也。故曰致勇有术，致勇莫先乎倡。均是人也，皆食其食，皆任其事，天下有急，而有一人焉，奋而争先而致其死，则翻然者众矣。弓矢相及，剑楯相交，胜负之势未有所决，而三军之士，属目于一夫之先登，则勃然者相继矣。天下之大，可以名劫也；三军之众，可以气使也。谚曰："一人善射，百夫决拾。"[1] 苟有以发之，及其翻然勃然之间而用其锋，是之谓倡。

倡莫善乎私。天下之人，怯者居其百，勇者

---

[1] 《国语·吴语》："一人善射，百夫决拾。"注：决，钩弦，拾，拾捍；言善用兵者，众必化之，犹一人善射，百夫竞着决拾而效之。

居其一，是勇者难得也。捐其妻子，弃其身以蹈白刃，是勇者难能也。以难得之人，行难能之事，此必有难报之恩者矣。天子必有所私之将，将军必有所私之士，视其勇者而阴厚之。人之有异材者，虽未有功，而其心莫不自异。自异而上不异之，则缓急不可以望其为倡。故凡缓急而肯为倡者，必其上之所异也。昔汉武帝欲观兵于四夷，以逞其无厌之求，不爱通侯①之赏，以招勇士，风告天下，以求奋击之人，然卒无有应者。于是严刑峻法，致之死地，而听其以深入赎罪，使勉强不得已之人，驰骤于死亡之地，是故其将降而兵破败，而天下几至于不测。何者？先无所异之人，而望其为倡，不已难乎？私者，天下之所恶也。然而为己而私之，则私不可用；为其贤于人而私之，则非私无以济。盖有无功而可赏，有罪而可赦者。凡所以愧其心，而责其为倡也。天下之祸，莫大于上作而下不应，上作而下不应，则上亦将穷而自止。方西戎②之叛也，

---

① 秦法，其侯爵最尊者曰彻侯，汉因之，后避汉武帝讳，改曰通侯。
② 西戎，谓西夏。

天子非不欲赫然诛之,而将帅之臣,谨守封略,外视内顾,莫有一人先奋而致命,而士卒亦循循焉莫肯尽力,不得已而出,争先而归。故西戎得以肆其猖狂,而吾无以应,则其势不得不重赂而求和,其患起于天子无同忧患之臣,而将军无腹心之士。西师之休,十有余年矣。用法益密,而进人益艰,贤者不见异,勇者不见私,天下务为奉法循令,要以如式而止,臣不知其缓急,将谁为之倡哉。

超然台记①

凡物皆有可观,苟有可观,皆有可乐,非必怪奇伟丽者也。餔糟啜醨,②皆可以醉,果蔬草木,皆可以饱,推此类也,吾安往而不乐?夫所为求福而辞祸者,以福可喜而祸可悲也。人之所欲无穷,而物之可以足吾欲者有尽,美恶之辨战乎中,而去取之择交乎前,则可乐者常少,而可悲者常多,是谓求祸而辞福。夫求祸而辞福,岂人之情也哉?物有

---

① 超然台,在今山东诸城市北城上。
② 餔,啜,《楚辞·渔父》:"众人皆醉,何不餔其糟而歠其醨?"五臣曰:"餔,食也。歠,饮也。"洪兴祖曰:"醨,薄酒也。"

以盖之矣。彼游于物之内，而不游于物之外，物非有大小也，自其内而观之，未有不高且大者也。彼挟其高大以临我，则我常眩乱反覆，如隙中之观斗，又焉知胜负之所在？是以美恶横生，而忧乐出焉，可不大哀乎！

予自钱塘移守胶西，^①释舟楫之安，而服车马之劳，去雕墙之美，而庇采椽^②之居，背湖山之观，而行桑麻之野。始至之日，岁比不登，盗贼满野，狱讼充斥，而斋厨索然，日食杞菊，^③人固疑予之不乐也。处之期年，而貌加丰，发之白者，日以反黑，予既乐其风俗之淳，而其吏民亦安予之拙也。于是治其园圃，洁其庭宇，伐安丘高密^④之木，以修补破败，为苟完之计。而园之北，因城以为台者旧矣，稍葺而新之，时相与登览，放意肆志焉。南

---

① 胶西，汉胶西王国，今山东胶州市、高密市等地。按神宗熙宁七年（公元1074年），东坡由杭州通判，移知密州。
② 采，亦作"棌"，栎木也。以采为椽，言其质素也。
③ 苏轼《杞菊赋序》云："移守胶西，意且一饱，而斋厨索然，不堪其忧，日与通守刘君廷式，循古城废圃，求杞菊食之。"
④ 安丘、高密，今属山东。

望马耳、常山①,出没隐见,若近若远,庶几有隐君子乎?而其东则卢山,②秦人卢敖之所从遁也。③西望穆陵,④隐然如城郭,师尚父、齐桓公之遗烈,犹有存者。北俯潍水⑤,慨然太息,思淮阴⑥之功,而吊其不终。台高而安,深而明,夏凉而冬温,雨雪之朝,风月之夕,予未尝不在,客未尝不从。撷园蔬,取池鱼,酿秫酒,⑦瀹脱粟⑧而食之,曰:"乐哉游乎!"方是时,予弟子由适在济南,闻而赋之,且名其台曰"超然",以见予之无所往而不乐者,

---

① 马耳山,在今山东诸城市西南,双峰耸削如马耳。常山,在山东诸城市西南。秦汉时高士,多隐于此两山中。
② 卢山,在诸城市东南。
③ 卢敖,秦博士,避难于山中,后人因名其山曰卢山。
④ 穆陵,关名,在山东临朐县东大岘山,山周二十里,道径危恶,为齐南天险。《左传》僖公四年:"管仲曰:'昔召康公,命我先君太公曰:五侯九伯,女实征之,以夹辅周室。赐我先君履,东至于海,西至于河,南至于穆陵,北至于无棣。'"
⑤ 潍水,源出山东莒县西北箕屋山,东北流经诸城、高密、安丘,又经潍坊市昌邑入于海。汉韩信伐齐,破楚将龙且于潍水,即此水也。
⑥ 韩信封淮阴侯。
⑦ 秫,shú,秫酒,高粱酒。
⑧ 瀹,yuè,煮也,脱粟,谓粗米仅脱秄壳,不精凿也。《晏子春秋》:晏子相景公,食脱粟之食。

盖游于物之外也。①

石钟山记②

《水经》③云:"彭蠡④之口,有石钟山焉。"郦元⑤以为"下临深潭,微风鼓浪,水石相搏,声如洪钟"。是说也,人常疑之。今以钟磬置水中,虽大风浪不能鸣也,而况石乎?至唐李渤,⑥始访其遗

---

① 苏辙《超然台赋叙》云:"子瞻既通守余杭,三年不得代,以辙之在济南也,求为东州守。既得请高密,其地介于淮海之间,风俗朴陋,四方宾客不至。受命之岁,承大旱之余孽,驱除蟊蝗,逐捕盗贼,廪恤饥馑,日不遑给,几年而后少安。顾居处隐陋无以自放,乃因其城上之废台,而增葺之,日与其僚,览其山川而乐之。以告辙曰:'此将何以名之?'辙曰:今夫山居者知山,林居者知林,耕者知原,渔者知泽,安于其所安而已,其乐不相及也,而台则尽之。天下之士,奔走于是非之场,浮沉于荣辱之海,嚣然尽力而忘反,亦莫自知也,而达者哀之。二者非以其'超然'不累于物故耶?老子曰:虽有荣观,燕处超然。尝试以'超然'命之可乎?因为之赋以告之。"
② 山在今江西湖口县,有二山,一在县治南曰上钟山,一在县治北曰下钟山。各距县一里,皆高五六百尺,周十里许。
③ 《水经》,书名,旧题汉桑钦撰,一作郭璞撰。
④ 蠡,lǐ,彭蠡,即今江西省北境之鄱阳湖。
⑤ 郦元,即郦道元,字善长,北魏范阳人,为御史中尉,执法清刻,著《水经注》四十卷。
⑥ 李渤,字濬之,洛阳人,与元涉隐庐山,元和初,征为右拾遗,称疾不至。

踪，得双石于潭上，扣而聆之，南声函胡，[1]北音清越，[2]枹止响腾，余韵徐歇，自以为得之矣。然是说也，余尤疑之：石之铿然有声者，所在皆是也，而此独以钟名何哉？

元丰七年[3]六月丁丑，余自齐安舟行适临汝，[4]而长子迈将赴饶之德兴[5]尉，送之至湖口，[6]因得观所谓石钟者。寺僧使小童持斧，于乱石间，择其一二扣之，硿硿[7]焉，余固笑而不信也。至暮夜月明，独与迈乘小舟，至绝壁下，大石侧立千仞，如猛兽奇鬼，森然欲搏人，而山上栖鹘，闻人声亦惊起，磔磔[8]云霄间。又有若老人欬且笑于山谷中者，或曰："此鹳鹤也。"余心方动欲还，而大声发于水上，噌

---

[1] 函胡，宫声，其音宏大也。
[2] 清越，商声，其音清远也。
[3] 元丰，神宗年号。元丰七年，公元1084年。
[4] 齐安，今湖北黄冈市。临汝，今河南汝州市。《年谱》云："时公由黄州团练副使，量移汝州也。"
[5] 饶州，明清皆为府，今废，鄱阳县其旧治也。德兴，今江西德兴市。
[6] 湖口，今江西湖口县，在鄱阳湖之口，故名。
[7] 硿，kōng，石落声。
[8] 磔磔，zhé zhé，鸣声也。

呿①如钟鼓不绝，舟人大恐，徐而察之，则山下皆石穴罅，不知其浅深，微波入焉，涵澹澎湃②而为此也。舟回至两山间，将入港口，有大石当中流，可坐百人，空中而多窍，与风水相吞吐，有窾坎镗鞳③之声，与向之噌吰者相应，如乐作焉。因笑谓迈曰："汝识之乎？噌吰者，周景王之无射④也；窾坎镗鞳者，魏献子之歌钟⑤也。古之人不余欺也！"

事不目见耳闻，而臆断其有无，可乎？郦元之所见闻，殆与余同，而言之不详，士大夫终不肯以小舟夜泊绝壁之下，故莫能知。而渔工水师，虽知而不能言，此世所以不传也。而陋者乃以斧斤考击而求之，自以为得其实。余是以记之，盖叹郦元之简，而笑李渤之陋也。⑥

---

① 噌吰，chēng hóng，钟声。司马相如赋："声噌吰而似钟音。"
② 涵澹，水播动貌。澎湃，波相戾貌。
③ 窾，空也。坎，击物声。镗鞳，táng tà，钟鼓声。
④ 射，yì，《国语·周语》："二十三年，王将铸无射，而为之大林。"注：无射，钟名，律中无射也。成于周景王二十四年。
⑤ 《左传》襄公十一年："郑人赂晋侯歌钟二肆，及其镈磬，晋侯以乐之半赐魏绛。"按：献子名舒，魏绛之子。
⑥ 曾国藩曰："自咸丰四年，楚军在湖口为贼所败，至十一年乃少定。石钟山之片石寸草，诸将士皆能辨识，上钟岩与下钟岩皆有洞，可容数百人，深不可穷，形如覆钟。乃知钟山以形言之，非以声言之，道元、子瞻皆失事实也。"

三苏文

方山子传①

方山子，光、黄②间隐人也，少时慕朱家、郭解③为人，闾里之侠皆宗之。稍壮，折节读书，欲以此驰骋当世，然终不遇。晚乃遁于光、黄间曰岐亭，④庵居蔬食，不与世相闻，弃车马，毁冠服，徒步往来山中，人莫识也。见其所着帽，方屋⑤而高，曰此岂古方山冠⑥之遗像乎？因谓之方山子。

余谪居于黄，过岐亭，适见焉，曰："呜呼！此吾故人陈慥季常也，何为而在此？"方山子亦矍

---

① 陈慥，字季常，永嘉人，号方山子，又号龙邱子。妻柳氏最妒，季常每宴客，有声伎，柳氏则以杖击壁，客为散去。初与东坡同学于道士张易简，后东坡谪居黄州，与之往来唱和，为作此传。
② 光、黄，二州名，光州治，今河南潢川县。黄州治，今湖北黄冈市。
③ 朱家，汉鲁人，鲁皆以儒教，而朱家用侠闻。专趋人之急，自关以东，莫不延颈愿交焉。阴脱季布之厄，及布贵，终身不见。郭解，字翁伯，汉河内轵人，为人短小精悍，始以游侠睚眦杀人，后折节改行，以德报怨，厚施而薄望报，救人之命，不矜其功。
④ 岐亭，故城在湖北麻城市西。
⑤ 沈德潜云："冠顶曰屋。"《晋书》：江左时野人已着帽，但顶圆耳，后乃高其屋云。按"屋"字，《古文辞类纂》作"耸"。
⑥ 方山冠，汉制，似进贤冠，四时祀宗庙乐人舞佾服之，唐宋时，则隐逸之士多服之。

然①问余所以至此者,余告之故。俯而不答,仰而笑。呼余宿其家,环堵萧然,而妻子奴婢,皆有自得之意,②余既耸然异之。独念方山子少时,使酒好剑,用财如粪土。前十有九年,余在岐山,③见方山子从两骑,挟二矢,游西山,鹊起于前,使骑逐而射之,不获,方山子怒马独出,一发得之,因与余马上论用兵及古今成败,自谓一时豪士。今几日耳! 精悍之色,犹见于眉间,而岂山中之人哉?

然方山子世有勋阀,当得官。使从事于其间,今已显闻。而其家在洛阳,园宅壮丽,与公侯等。河北有田,岁得帛千匹,亦足以富乐。皆弃不取,独来穷山中,此岂无得而然哉? 余闻光、黄间多异人,往往佯狂垢污,不可得而见,方山子傥见之与?

表忠观碑 ④

熙宁十年⑤十月戊子,资政殿大学士右谏议大

---

① 矍然,惊顾貌。
② 沈德潜云:"东坡又云:忽闻河东狮子吼,拄杖落手心茫然,何邪?"
③ 岐山,县名,明清皆属陕西凤翔府,今陕西省宝鸡市。
④ 观在浙江杭州涌金门外龙山。校订者按: 此记为苏轼代赵抃而作。
⑤ 熙宁,神宗年号。熙宁十年,公元1077年。

三苏文

夫知杭州军州事臣抃①言：故吴越国王钱氏坟庙，及其祖父妃夫人子孙之坟，在钱塘②者二十有六，在临安③者十有一，皆芜废不治，父老过之，有流涕者。谨按故武肃王镠，④始以乡兵破走黄巢，⑤名闻江淮。复以八都兵讨刘汉宏，并越州以奉董昌，而自居于杭。⑥及昌以越畔，则诛昌而并越，尽有浙东西之地。⑦传其子文穆王元瓘⑧，至其后忠显王

---

① 赵抃，字阅道，衢州西安人，累官殿中侍御史，弹劾不避权幸，京师号称铁面御史。后以太子少保致仕，卒赠清献。
② 钱塘，今浙江杭州市。
③ 临安，今浙江杭州市临安区。
④ 镠，liú，钱镠，字具美，唐宋杭州临安人，昭宗时，为镇海镇东军节度使，封越王，又封吴王。唐亡，后梁太祖封吴越国王，是为十国之一。在位四十一年，卒谥武肃。
⑤ 黄巢，唐曹州人，僖宗时，起兵为乱，攻掠浙东。镠率劲卒二千，伏山谷中，射杀其将，乃引兵趋八百里；八百里，地名也。告道旁媪曰："后有问者，告曰：临安兵屯八百里。"巢众闻媪语，曰："千余卒尚不可敌，况八百里乎！"遂急引兵过。
⑥ 唐僖宗时，王仙芝余党曹师雄，寇掠二浙，杭州募诸县兵，使董昌将以讨之，号杭州为八都。刘汉宏为浙东观察使，谋兼并浙东，钱镠屡破之，董昌谓镠曰："汝能取越州，吾以杭州授汝。"镠遂将兵攻克之。昌徙镇越州，以镠知杭州事。
⑦ 昭宗时，董昌僭号于越州，镠率兵讨昌，进兵越州，昌出战而败，镠斩之。镠既诛昌，乃令两浙吏民上表，请兼领浙东，朝廷不得已，以镠兼领两镇。
⑧ 瓘，guàn，元瓘，字明宝，镠第七子，在位七年，卒年五十五，谥文穆。

仁佐,^①遂破李景兵,取福州。^②而仁佐之弟忠懿王俶,^③又大出兵攻景,以迎周世宗之师,其后卒以国入觐。^④三世四王,与五代相终始。天下大乱,豪杰蜂起,方是时,以数州之地,盗名字者,不可胜数,既覆其族,延及于无辜之民,罔有孑遗。而吴越地方千里,带甲十万,铸山煮海,象犀珠玉之富,甲于天下。然终不失臣节,贡献相望于道,是以其民至于老死不识兵革,四时嬉游,歌鼓之声相闻,至于今不废,其有德于斯民甚厚。皇宋受命,四方僭乱,以次削平。西蜀江南^⑤负其崄^⑥远,兵至城下,力屈势穷,然后束手。而河东刘氏,^⑦百战守死,以抗王师,积骸为城,酾血为池,竭天下之

---

① 仁佐,字佑立,元瓘第六子,卒年二十,谥忠显。
② 时诸将李仁达等,自相篡杀,附于李景,已又叛之。景攻仁达,达求救于仁佐,佐击败景兵,遂取福州。
③ 俶,chù,钱俶,字文德,元瓘第九子。
④ 觐,周世宗显德二年,俶遣使入贡,世宗令出兵击唐,俶攻常州不克。宋太宗太平兴国三年,上表献其境内十三州之地,举族归于京师,国除。周世宗,名荣,太祖养子,本姓柴氏,在位六年。
⑤ 西蜀,即后蜀孟昶。江南,即南唐李氏。
⑥ 崄,xiǎn,阻难也。
⑦ 河东刘氏即北汉。

力，仅乃克之。独吴越不待告命，封府库，籍郡县，请吏于朝，视去其国，如去传舍，其有功于朝廷甚大。昔窦融以河西归汉，光武诏右扶风修理其父子坟茔，祠以太牢。①今钱氏功德，殆过于融，而未及百年，坟庙不治，行道伤嗟，甚非所以劝奖忠臣，慰答民心之义也。臣愿以龙山②废佛寺曰妙音院者为观，使钱氏之孙为道士曰自然者居之。凡坟庙之在钱塘者，以付自然，其在临安者以付其县之净土寺僧曰道微，岁各度其徒一人，使世掌之。籍其地之所入，以时修其祠宇，封殖其草木，有不治者，县令丞察之，甚者易其人。庶几永终不坠，以称朝廷待钱氏之意。臣抃昧死以闻。制曰：可！其妙音院改赐名曰表忠观。铭曰：

天目之山，③苕水④出焉。龙飞凤舞，萃于临

---

① 窦融，东汉平陵人，更始时，据有武威、张掖、酒泉、敦煌、金城五郡，称五郡大将军。光武平蜀，融入朝，以为冀州牧，后封安丰侯。太牢，谓牛羊豕也。
② 龙山，在杭州，即凤凰山之支陇。
③ 天目山，在浙江杭州市临安区西北五十里，山有两峰，峰顶各一池，左右相对，名曰天目，即《山海经》所谓浮玉山也。
④ 苕水，一名苕溪，有两源，皆出天目山，至吴兴城中，合流入于太湖。相传夹岸多苕花，秋时飘散水上如飞雪，故名。

苏轼文

安。[1]笃生异人,绝类离群。奋梃大呼,从者如云。仰天誓江,月星晦蒙。[2]强弩射潮,江海为东。[3]杀宏诛昌,奄有吴越。金券玉册,[4]虎符龙节。大城其居,包络山川。左江右湖,[5]控引岛蛮。[6]岁时归休,以燕父老。[7]晔如神人,玉带球马。[8]四十一年,寅畏小心。厥篚相望,大贝南金。[9]五朝昏乱,罔堪托国。三王相承,以待有德。既获所归,弗谋弗咨。

---

[1] 郭璞诗:"天目山前两乳长,龙飞凤舞到钱塘。"
[2] 《吴越备史》:中和二年,刘汉宏遣弟汉宥,率兵营于西陵,董昌命王御之。夜将渡江,星月皎然,王祝曰:"愿阴云蔽月,以济我师。"俄而云雾四起,咫尺晦暝,王遂渡江破贼。
[3] 钱载《十国词笺》云:"吴越王钱镠筑捍海塘,怒潮急湍,版筑不就。乃造竹箭三千只,羽簇俱备,于叠雪楼,命水犀军架强弩五百以射潮,潮头东趋西陵,遂定其基,以铁绠贯幢用石键之,而塘成。"
[4] 唐庄宗赐镠铁券,后唐庄宗赐之玉册、金印,镠造玉册、金券、诏书三楼。
[5] 唐天福二年,镠筑罗城,自秦望山,由夹城东亘江干,泊钱塘湖霍山范浦周七十里。
[6] 镠遣使册封新罗渤海王,海中诸国,皆封拜其君长。
[7] 《五代史》:"镠游衣锦城,宴故老,山林皆覆以锦。"
[8] 《五代史》:"太祖尝问吴越进奏吏曰:'钱镠平生有所好乎?'吏曰:'好玉带名马。'太祖笑曰:'真英雄也!'乃以玉带一匣,打球御马十匹,赐之。"
[9] 宋太祖时,俶倾其国以事贡献,器服珍奇,不可胜数。

先王之志，我维行之。天胙忠孝，世有爵邑。允文允武，子孙千亿。帝谓守臣，治其祠坟。毋俾樵牧，愧其后昆。龙山之阳，岿①焉新宫。匪私于钱，唯以劝忠。非忠无君，非孝无亲。凡百有位，视此刻文。

潮州韩文公庙碑②

匹夫而为百世师，一言而为天下法，是皆有以参天地之化，关盛衰之运，其生也有自来，其逝也有所为。故申吕自岳降，③而傅说为列星，④古今所传，不可诬也。《孟子》曰："吾善养吾浩然之气。"是气也，寓于寻常之中，而塞乎天地之间，卒⑤然遇之，则王公失其贵，晋、楚失其富，良、平⑥失

---

① 岿，kuī，独貌。
② 潮州，今广东潮州市。
③ 《诗·大雅·崧高》之首章："维岳降神，生甫及申。"注：甫，甫侯也，即穆王时作《吕刑》者。申，申伯也。言岳山降其神灵和气，以生甫侯、申伯也。
④ 说，yuè，《庄子》："傅说得之以相武丁，奄有天下，乘东维，骑箕尾，而比于列星。"
⑤ 卒，cù，突然。
⑥ 良、平，谓张良、陈平。

其智,贲、育①失其勇,仪、秦②失其辩,是孰使之然哉?其必有不依形而立,不恃力而行,不待生而存,不随死而亡者矣。故在天为星辰,在地为河岳,幽则为鬼神,而明则复为人。此理之常,无足怪者。

自东汉以来,道丧文弊,异端并起,历唐正观、开元③之盛,辅以房、杜、姚、宋④而不能救,独韩文公起布衣,谈笑而麾之,天下靡然从公,复归于正,盖三百年于此矣。文起八代⑤之衰,而道济天下之溺,忠犯人主之怒,⑥而勇夺三军之帅,⑦岂非参天地,关盛衰,浩然而独存者乎?盖尝论天人之辨,以谓人无所不至,惟天不容伪,智可以欺王

---

① 贲,bēn,贲、育谓孟贲、夏育,皆古勇士。
② 仪、秦,见前《谏论上》。
③ 正观,即贞观,避宋仁宗讳,改"贞"为"正"。贞观、开元,均为唐代年号。
④ 房玄龄、杜如晦,太宗时相。姚崇、宋璟,玄宗时相。
⑤ 八代,谓东汉、魏、晋、宋、齐、梁、陈、隋。
⑥ 宪宗元和十四年,愈为刑部侍郎,宪宗令杜英奇等迎佛骨入大内,留禁中三日,愈上表极谏。宪宗怒,贬愈为潮州刺史。
⑦ 穆宗初,镇州乱,杀帅田弘正,而立王廷凑,诏愈宣抚,愈至,力折其党,廷凑礼而归之。

公，不可以欺豚鱼，①力可以得天下，不可以得匹夫匹妇之心。故公之精诚，能开衡山之云，②而不能回宪宗之惑，能驯鳄鱼之暴，③而不能弭皇甫镈、李逢吉之谤，④能信于南海之民，庙食百世，而不能使其身一日安于朝廷之上，盖公之能者天也，其所不能者人也。

始潮人未知学，公命进士赵德为之师，自是潮之士，皆笃于文行，延及齐民，至于今号称易治，信乎孔子之言"君子学道，则爱人，小人学道，则易使也"。潮人之事公也，饮食必祭，水旱疾疫，凡有求必祷焉。而庙在刺史公堂之后，民以出入为

---

① 《易》："中孚豚鱼吉。"又，"豚鱼吉，信及豚鱼也。"李纲曰："言圣人仁心感物，及于胎卵也。"
② 韩愈有《谒衡山南海诗》云："我来正逢秋雨节，阴气晦昧无清风。潜心默祷若有应，岂非正直能感通。须臾静扫众峰出，仰见突兀撑青空。"此所谓开衡山之云者，盖指此也。
③ 韩愈至潮，问民疾苦，皆曰：恶溪有鳄鱼，食民产且尽。数日，愈令其属秦济，以一羊一豚，投溪水而祝之。其夕，有暴风震雷起湫水中，数日水尽涸，西徙六十里，自是潮州无鳄鱼患。
④ 宪宗得愈潮州谢表，颇感悔，欲复用之。皇甫镈忌愈，对曰："愈太狂疏，可量移一郡。"乃授袁州刺史。李逢吉恶李绅，欲逐之，以绅为御史中丞，愈为京兆尹，逢吉激二人使争，因奏二人不协，遂罢其官。

艰，前守欲请诸朝，作新庙，不果。元祐五年①，朝散郎王君涤来守是邦，凡所以养士治民者，一以公为师，民既悦服，则出令曰："愿新公庙者听。"民欢趋之，卜地于州城之南七里，期年而庙成。或曰："公去国万里，而谪于潮，不能一岁而归，没而有知，其不眷恋于潮审矣。"轼曰："不然！公之神在天下者，如水之在地中，无所往而不在也。而潮人独信之深，思之至，焄蒿凄怆，②若或见之，譬如凿井得泉，而曰水专在是，岂理也哉！"元丰七年③，诏封公昌黎伯，故榜曰："昌黎伯韩文公之庙。"潮人请书其事于石，因作诗以遗之，使歌以祀公。其词曰：

公昔骑龙白云乡，④手决云汉分天章，⑤天孙为

---

① 元祐，宋哲宗年号。元祐五年，公元1090年。
② 焄，xūn，《礼记·祭义》："焄蒿凄怆，此百物之精也，神之著也。"注：焄，谓香臭也，蒿，谓气烝出貌也，言此香臭蒸而上出，其气蒿然也。
③ 元丰，宋神宗年号。元丰七年，公元1084年。
④ 《庄子》："乘彼白云，游于帝乡。"谓韩愈昔日骑龙作马，乘白云于帝乡。
⑤ 《诗·大雅·棫朴》："倬彼云汉，为章于天。"谓韩愈以手抉开云汉，分天之为章者，谓韩愈之文乃得之天生也。

织云锦裳。①飘然乘风来帝旁,②下与浊世扫秕糠。③西游咸池略扶桑,④草木衣被昭回光。⑤追逐李杜参翱翔,⑥汗流籍湜走且僵。⑦灭没倒景不可望,⑧作书诋佛讥君王。要观南海窥衡湘,⑨历舜九嶷吊英皇。⑩祝

---

① 天孙,织女也,言天孙女,为韩愈织就云锦裳也。
② 韩愈飘飘然乘高风而下,来降于帝之侧旁。
③ 浊世秕糠,喻佛老之邪乱也。
④ 《离骚》:"饮余马于咸池,总余辔乎扶桑。"《淮南子》:"月出于旸谷,浴于咸池,拂于扶桑。"谓韩愈西游咸池日浴之地,而略过于扶桑日拂之方。
⑤ 言韩愈之道光辉发越,虽草木亦溥及之,犹日月之昭回于天,而有光明也。
⑥ 言韩愈追逐李白、杜甫,先后参列其间,以翱翔于天下也。或曰:翱翔,谓李翱、李翔。
⑦ 湜,shí,张籍、皇甫湜,皆从愈游,而不及远甚,亦自名于时。汗流者,言其愧汗如流也。走且僵,谓退避其文辞之高,奔走而僵偾也。
⑧ 景,通"影",日月之行度,有光影冲激,谓之灭没。人在日月之上,下见日月之光从下照,故其景倒。谓世之人老死而灭没于日月倒景之中,皆不可望愈道德之光。
⑨ 韩愈被谪潮州,奔驰上道,终涉岭海,水陆万里,此谓要观南海,窥衡湘山水之间。
⑩ 九嶷,山名,在湖南宁远县南。尧以二女妻舜,长曰娥皇,次曰女英,从舜南狩三苗道死衡湘之间,愈历行舜所巡之地吊娥皇、女英之灵。

融先驱海若藏,①约束蛟鳄如驱羊。②钧天无人帝悲伤,③讴吟下招遣巫阳。④犦牲鸡卜羞我觞,⑤於粲荔丹与蕉黄。⑥公不少留我涕滂,翩然被发下大荒。⑦

徐州莲华漏铭并叙

故龙图阁直学士礼部侍郎燕公肃,⑧以创物之智,闻于天下,作莲华漏。⑨世服其精,凡公所临必

---

① 祝融,南海之神,《楚辞·悲回风》云:"使湘灵鼓瑟兮,令海若舞冯夷。"皆海神也。言祝融为先驱于前,而海若将率怪物以敛藏也。
② 鲛与鳄鱼顽冥难遣,而羊则易遣,今以一祭文约束鲛鳄即日徙去,殆如驱羊群之易。
③ 《吕览》:"中央曰钧天。"注:钧,平也,为四方主,故曰钧天。谓大钧之天,无人辅佐,愈殁于长庆四年,敬宗为之感伤也。
④ 巫阳,古之善筮者,言巫阳讴吟此诗,下招韩愈之魂。
⑤ 犦,bào,牦牛也,鸡卜,以鸡骨卜也。《汉书》:粤人信鬼,而以鸡卜。谓以犦牲鸡卜之薄,而羞进我之酒觞,抑以表诚,非厚仪也。
⑥ 於,wū,韩愈《罗池庙碑》:"荔子丹兮蕉叶黄。"为迎送柳子厚之歌也。东坡引用其事,使潮人以此祭韩愈,亦如韩愈使人以此祭柳子厚也。
⑦ 韩愈有诗云:"翩然下大荒,被发骑麒麟。"大荒,地也。
⑧ 《宋史》本传:燕肃,性精巧,尝造指南、记里鼓二车以献,又上莲花漏法,诏司天台考于钟鼓楼下,云,不与崇天历合。然肃所至皆刻石记其法,州郡用之以候昏晓,世推其精密。
⑨ 漏,古定时器,其制不一,以铜壶受水,徐徐下滴,水满则有漏箭浮而上出,以其分数计时。

为之，今州郡往往而在，虽有巧者莫敢损益。而徐州独用瞽人卫朴所造，废法而任意，有壶而无箭，自以无目而废天下之视。使守者伺其满，则决之而更注，人莫不笑之。国子博士傅君裼，[1]公之外曾孙，得其法为详，其通守是邦也，实始改作，而请铭于轼。铭曰：

人之所信者，手足耳目也，目识多寡，手知重轻。然人未有以手量而目计者，必付之于度量与权衡。[2]岂不自信，而信物，盖以为无意无我，然后得万物之情。故天地之寒暑，日月之晦明，昆仑旁薄于三十八万七千里之外，而不能逃于三尺之箭，五斗之瓶。虽疾雷霾[3]风雨雪昼晦，而迟速有度，不加亏赢。使凡为吏者，如瓶之受水，不过其量，如水之浮箭，不失其平。如箭之升降也，视时之上下，降不为辱，升不为荣，则民将靡然而心服，而寄我以死生矣。

---

[1] 裼，xī。
[2] 度量，齐物之器，如丈尺等。权，秤锤也；衡，亦称物轻重之器。
[3] 霾，mái，大风扬尘，土从上下也。《尔雅·释天》："风而雨土为霾。"

苏轼文

文与可飞白赞①

呜呼哀哉！与可岂其多好，好奇也欤？抑其不试故艺②也？始余见其诗与文，又得见其行草篆隶也，以为止此矣。既没一年，而复见其飞白，美哉多乎！其尽万物之态也。霏霏③乎其若轻云之蔽月，翻翻④乎其若长风之卷旆也。猗猗⑤乎其若游丝之萦柳絮，袅袅⑥乎其若流水之舞荇⑦带也。离离⑧乎其远而相属，缩缩⑨乎其近而不隘也。其工至于如此，而余乃今知之，则余之知与可者固无几，而其所不

---

① 文与可名同，宋梓潼人，以文学名世，操行高洁，善诗、书、画竹，著有《丹渊集》四十卷。飞白，书体之一种，笔画枯槁而中空，汉蔡邕所作。
② 《论语·子罕》："牢曰：'子云：吾不试，故艺。'"注：试，用也。言由不为世用，故得以习于艺而通之。
③ 霏霏，fēi fēi，轻细飞扬的样子，《诗·小雅·采薇》："雨雪霏霏。"
④ 翻翻，犹翩翩，飞也。
⑤ 猗猗，美盛貌，《诗·卫风·淇奥》："绿竹猗猗。"
⑥ 袅袅，niǎo niǎo，缭绕貌。
⑦ 荇，xìng，叶似莼，色青紫，浮水面，《诗·周南·关雎》："参差荇菜。"以其茎叶嫩时可食，故曰荇菜。
⑧ 离离，若断若续的样子。
⑨ 缩缩，敛也，短也。

知者盖不可胜计也。呜乎哀哉!

上王兵部书

荆州南北之交,而士大夫往来之冲也。执事以高才盛名,作牧于此,盖亦尝有以相马之说,告于左右者乎?闻之曰:骐骥之马,一日行千里而不殆,其脊如不动,其足如无所著,① 升高而不轾,② 走下而不轩,③ 其技艺卓绝,而效见明著,至于如此,而天下莫有识者,何也?不知其相,而责其技也。

夫马者,有昂目而丰臆,④ 方蹄而密睫,⑤ 捷乎若深山之虎,旷乎若秋后之兔,远望目若视日,而志不存乎刍粟,若是者飘忽腾踔,⑥ 去而不知所止。是故古之善相者,立于五达之衢,一目而眄⑦之,闻其一鸣,顾而循其色,马之技尽矣。何者?其相

---

① 著,zhuó,粘连。
② 轾,zhì,车前下曰轾,《诗·小雅·六月》:"戎车既安,如轾如轩。"朱熹注:"轾,车之覆而前也。轩,车之却而后也。"
③ 车前高曰轩。
④ 臆,胸肉也。
⑤ 睫,jié,目旁毛也。
⑥ 踔,chuō,腾踔,轻捷貌。
⑦ 眄,miǎn,斜视也。

溢于外，而不可蔽也。

士之贤不肖，见于面颜，而发泄于辞气，卓然其有以存乎耳目之间。而必曰久居而后察，则亦名相士者之过矣。

夫轼西州之鄙人，而荆之过客也。其足迹偶然而至于执事之门，其平生之所治以求闻于后世者，又无所挟持以至于左右，盖亦易疏而难合也。然自蜀至于楚，舟行六十日，过郡十一，县三十有六，取所见郡县之吏数十百人，莫不孜孜论执事之贤，而教之以求通于下吏，且执事何修而得此称也？轼非敢以求知，而望其所以先后于仕进之门者，亦徒以为执事立于五达之衢，而庶几乎一目之眄，或有以信其平生尔。夫今之世，岂惟王公择士，士亦有所择。轼将自楚游魏，自魏无所不游，恐他日以不见执事为恨也，是以不敢不进。不宣。

答李廌书 ①

轼顿首再拜：闻足下名久矣！又于相识处，往

---

① 李廌字方叔，华州人。

往见所作诗文,虽不多,亦足以仿佛其为人矣。寻常不通书问,怠慢之罪,犹可阙略。及足下斩然在疚,①亦不能以一字奉慰。舍弟子由至,先蒙惠书,又复懒不即答,顽钝废礼,一至于此。而足下终不弃绝,递中再辱手书,待遇益隆,览之面热汗下也。

足下才高识明,不应轻许与人,得非用黄鲁直、②秦太虚③辈语,真以为然耶?不肖为人所憎,而二子独喜见誉,如人嗜昌歜、④羊枣,⑤未易诘其所以然者。以二子为妄,则不可,遂欲以移之众口,又大不可也。

轼少年时,读书作文,专为应举而已,既及进士第,贪得不已,又举制策,⑥其实何所有?而其

---

① 时鹰方居丧,丧制三年曰斩衰。《诗·周颂·闵予小子》:"遭家不造,嬛嬛在疚。"
② 黄鲁直,名庭坚,号山谷道人,洪州分宁人。
③ 秦观,字少游,号太虚,高邮人。
④ 歜,chù,昌歜,菖蒲菹也,《说苑》:"文王好食昌本菹。"
⑤ 《孟子·尽心下》:"曾皙嗜羊枣。"注:羊枣,实小黑而圆,又谓之羊矢枣。
⑥ 制策,天子之策问也。东坡于嘉祐二年(公元1057年)试礼部,擢第二,《春秋》对义第一,殿试中乙科,五年(公元1060年),欧阳修以才识兼茂荐之,复对制策,入三等。

科号为直言极谏，故每纷然诵说古今，考论是非，以应其名耳。人苦不自知，既以此得，因以为实能之，故譊譊至今，坐此得罪几死，所谓齐虏以口舌得官，① 真可笑也！然世人遂以轼为欲立异同，则过矣。妄论利害，搀②说得失，此正制科人习气。譬之候虫时鸟，自鸣自已，何足为损益？轼每怪时人待轼过重，而足下又复称说如此，愈非其实。得罪以来，深自闭塞，扁舟草履，放浪山水间，与樵渔杂处，往往为醉人所推骂，辄自喜渐不为人识。平生亲友，无一字见及，有书与之亦不答，自幸庶几免矣。足下又复创相推与，甚非所望。木有瘿，③ 石有晕，④ 犀有通，⑤ 以取妍于人，皆物之病也。谪居无事，默自观省，三十年以来所为，多其病者，足下所见皆故我，非今我也。无乃闻其声不考其情，

---

① 《史记·刘敬列传》："上怒，骂刘敬曰：'齐虏！以口舌得官，今乃妄言沮吾军！'"
② 搀，当作"儳"，《礼记·曲礼上》："毋儳言。"注：儳，暂也，亦参错不齐之貌。
③ 木之结处隆起，如人之颈瘤，曰木瘿。
④ 晕，日旁气也，言石之有花纹者，如日之晕也。
⑤ 犀有通，犀角有纹如线，通两头者，曰通天犀。《抱朴子》：通天犀得其角一尺以上，刻为鱼，衔以入水，水常为开。

取其华而遗其实乎？抑将又有取乎此也？此事非相见不能尽。自得罪后，不敢作文字。此书虽非文，然信笔书意，不觉累幅，亦不须示人，必喻此意！岁行尽，寒苦，惟万万节哀强食！不次。

祭柳子玉文

猗与子玉，南国之秀。甚敏而文，声发自幼。从横武库，① 炳蔚文囿。独以诗鸣，天锡雄咮②。元③轻白④俗，郊⑤寒岛⑥瘦。嘹然一吟，众作卑陋。凡今卿相，伊昔朋旧。平视青云，可到宁骤。孰云坎壈，⑦白发垂脰。⑧才高绝俗，性疏来诟。谪居

---

① 《晋书·裴頠传》：頠弘雅有远识，博学稽古，自少知名。周弼见而叹曰："頠若武库五兵，纵横一时之杰也！"
② 咮，zhòu，鸟口也。
③ 元，谓元稹，字微之，唐河南人，善为诗，以平易胜。
④ 白，谓白居易，字乐天，唐太原人，所为诗深厚丽密，而平易近人，老妪都解。
⑤ 郊，谓孟郊，字东野，唐武康人，诗托兴深微，结体古奥，唐人自韩愈以下，莫不推之。
⑥ 岛，谓贾岛，字浪仙，唐范阳人，初为浮屠，后去而举进士，官长江主簿，时称贾长江。
⑦ 坎壈，不得志也。《楚辞·九辩》："坎壈兮贫士，失职而志不平。"
⑧ 脰，dòu，项也。

穷山,遂侣猩狖。①夜衾不絮,朝甑绝馏。②慨然怀归,投弃缨绶。潜山③之麓,往事神后。道味自饴,世芬莫嗅。凡世所欲,有避无就。谓当乘除,并畀之寿。云何不淑,命也谁咎?顷在钱塘,惠然我觏。相从半岁,日饮醇酎。④朝游南屏,⑤暮宿灵鹫。⑥雪窗饥坐,清闼间奏。沙河⑦夜归,霜月如昼。纶巾⑧鹤氅,⑨惊笑吴妇。会合之难,如次组绣。翻然失去,覆水何救?维子耆老,名德俱茂,嗟我后来,匪友惟媾。⑩子有令子,将大子后。頎然二孙,则谓我舅。念子永归,涕如悬霤!⑪歌此

---

① 狖,yòu,猩狖,兽名,猿猴之类。
② 馏,liù,饭半蒸为馈,熟为馏。
③ 潜山,在今安徽潜山县西北。
④ 酎之言醇也,谓重酿之酒也。
⑤ 南屏,山名,在今浙江杭州。
⑥ 灵鹫,即今杭州之飞来峰。
⑦ 沙河,在杭州城外。唐时钱塘坏,江水挟海潮为患,刺史崔彦曾,乃开外沙、中沙、里沙三河以决之,曰沙河塘。
⑧ 纶巾,青丝绶为巾也,世传诸葛武侯军中尝服之。
⑨ 氅,chǎng,析羽为裘也。《晋书·王恭传》:王恭清操过人,美姿仪,被鹤氅裘,涉雪而行,孟昶窥之,叹曰:"真神仙中人也!"
⑩ 媾,婚媾也。
⑪ 悬霤,谓水从空中下注也。

奠诗，一樽往侑。

祭欧阳文忠公文

呜呼哀哉！公之生于世，六十有六年，民有父母，国有蓍龟，[①]斯文有传，学者有师，君子有所恃而不恐，小人有所畏而不为。譬如大川乔岳，不见其运动，而功利之及于物者，盖不可以数计而周知。今公之没也，赤子无所仰芘，[②]朝廷无所稽疑，斯文化为异端，而学者至于用夷。君子以为无为为善，而小人沛然自以为得时。譬如深渊大泽，龙亡而虎逝，则变怪杂出，舞鳅鳝而号狐狸。昔其未用也，天下以为病，而其既用也，则又以为迟。及其释位而去也，莫不冀其复用。至其请老而归也，莫不惆怅失望，而犹庶几于万一者，幸公之未衰。孰谓公无复有意于斯世也，奄一去而莫予追。岂厌世溷浊洁身而逝乎？将民之无禄，而天莫之遗。[③]昔

---

① 蓍，shī，草名，花似菊，其茎取以为占筮之用。灼龟甲以卜，故谓卜为龟。
② 芘，通"庇"。
③ 《左传》：昊天不吊，不慭遗一老。

我先君,怀宝遁世,非公则莫能致。而不肖无状,因缘出入,受教于门下者,十有六年于兹。闻公之丧,义当匍匐①往吊,而怀禄不去,愧古人以忸怩。②缄词千里,以寓一哀而已矣。盖上以为天下恸,而下以哭其私。呜呼哀哉!

---

① 匍匐,pú fú,手行尽力也。《诗·邶风·谷风》:"凡民有丧,匍匐救之。"
② 忸怩,niǔ ní,惭愧的样子。

苏辙文

苏辙文

上枢密韩太尉书

太尉执事：辙生好为文，思之至深，以为文者气之所形，然文不可以学而能，气可以养而致。孟子曰："我善养吾浩然之气。"今观其文章，宽厚宏博，充乎天地之间，称其气之小大。太史公行天下，周览四海名山大川，与燕、赵间豪俊交游，故其文疏荡，颇有奇气。此二子者，岂尝执笔学为如此之文哉？其气充乎其中，而溢乎其貌，动乎其言，而见乎其文，而不自知也。

辙生十有九年矣，其居家所与游者，不过其邻里乡党之人，所见不过数百里之间，无高山大野可登览以自广。百氏之书，虽无所不读，然皆古人之陈迹，不足以激发其志气。恐遂汩没，故决然舍去，求天下奇闻壮观，以知天地之广大。过秦汉之故都，①恣观终南、嵩、华②之高，北顾黄河之奔流，

---

① 秦都咸阳，汉都长安，并在今陕西。汉光武徙都洛阳，称东都，在今河南省。
② 终南，山名。在陕西西安市长安区南。嵩，山名，五岳之一，在河南登封市北。华，山名，西岳曰华山，在陕西华阴市。

慨然想见古之豪杰。至京师,仰观天子宫阙之壮,与仓廪府库城池苑囿之富且大也,而后知天下之巨丽。见翰林欧阳公,听其议论之宏辩,观其容貌之秀伟,与其门人贤士大夫游,而后知天下之文章聚乎此也。

太尉以才略冠天下,天下之所恃以无忧,四夷之所惮以不敢发,入则周公、召公,①出则方叔、召虎。②而辙也未之见焉。且夫人之学也,不志其大,虽多而何为。辙之来也,于山见终南、嵩、华之高,于水见黄河之大且深,于人见欧阳公,而犹以为未见太尉也,故愿得观贤人之光耀,闻一言以自壮,然后可以尽天下之大观而无憾矣。辙年少,未能通习吏事,向之来,非有取于斗升之禄,偶然得之,非其所乐。然幸得赐归待选,使得优游数年之间,将归益治其文,且学为政,太尉苟以可教而辱教之,又幸矣。

---

① 周公旦、召公奭,并相周成王。
② 方叔、召虎,皆周宣王卿士,王命方叔征荆蛮,召虎平淮夷。

苏辙文

武昌九曲亭记 ①

子瞻迁于齐安,②庐于江上。齐安无名山,而江之南武昌诸山,陂陀③蔓延,涧谷深密,中有浮图精舍,西曰西山,东曰寒溪,④依山临壑,隐蔽松枥,⑤萧然绝俗,车马之迹不至。每风止日出,江水伏息,子瞻杖策载酒,乘渔舟,乱流⑥而南。山中有二三子,好客而喜游,闻子瞻至,幅巾迎笑,相携徜徉而上,穷山之深,力极而息,扫叶席草,酌酒相劳,意适忘反,往往留宿于山上。以此居齐安三年,不知其久也。然将适西山,行于松柏之间,羊肠九曲,而获少平,游者至此必息。倚怪石,荫茂木,俯视大江,仰瞻陵阜,旁瞩溪谷,风云变化,林麓向背,皆效于左右。有废亭焉,其遗址甚狭,不足以席众客。其旁古木数十,其大皆百围千尺,不可加以斤

---

① 九曲亭,在今湖北鄂州市西西山南九曲岭。
② 齐安,今湖北黄冈市,南朝齐置齐安郡于此。
③ 陂陀,pō tuó,倾斜不平。
④ 西山,一名樊山,在鄂州市西三里,下有寒溪。
⑤ 枥,通"栎",木名。
⑥ 绝流而济曰乱。

斧。子瞻每至其下，辄睥睨①终日。一旦大风雷雨，拔去其一，斥其所据，亭得以广。子瞻与客入山视之，笑曰："兹欲以成吾亭耶！"遂相与营之，亭成而西山之胜始具，子瞻于是最乐。

昔余少年，从子瞻游，有山可登，有水可浮，子瞻未始不褰裳②先之。有不得至，为之怅然移日。至其翩然独往，逍遥泉石之上，撷③林卉，拾涧实，酌水而饮之，见者以为仙也。盖天下之乐无穷，而以适意为悦。方其得意，万物无以易之。及其既厌，未有不洒然自笑者也。譬之饮食，杂陈于前，要之一饱而同委于臭腐，夫孰知得失之所在？惟其无愧于中，无责于外，而姑寓焉，此子瞻之所以有乐于是也。

黄州快哉亭记④

江出西陵，⑤始得平地，其流奔放肆大，南合

---

① 睥睨，pì nì，斜视也。
② 褰，qiān，撩起、提起，褰裳，揭衣也。《诗·郑风·褰裳》："褰裳涉溱。"
③ 撷，xié，择取也。
④ 黄州，今湖北黄冈市。
⑤ 西陵，峡名，在湖北宜昌市夷陵区西北，又名夷陵，三峡之一。

苏辙文

湘沅,[1]北合汉沔,[2]其势益张,至于赤壁[3]之下,波流浸灌,与海相若。清河张君梦得,谪居齐安,[4]即其庐之西南为亭,以览观江流之胜,而余兄子瞻,名之曰"快哉"。盖亭之所见,南北百里,东西一舍,涛澜汹涌,[5]风云开阖。昼则舟楫出没于其前,夜则鱼龙悲啸于其下,变化倏忽,[6]动心骇目,不可久视,今乃得玩之几席之上,举目而足。西望武昌诸山,冈陵起伏,草木行列,烟消日出,渔夫樵父之舍,皆可指数,此其所以为快哉者也。至于长洲之滨,故城之墟,曹孟德、孙仲谋[7]之所睥睨,周瑜、陆逊[8]之所骋骛,其流风遗迹,亦足以称快世俗。

昔楚襄王从宋玉、景差于兰台之宫,有风飒然

---

[1] 湘沅,二水名,并在湖南省,其下流入洞庭湖,合于长江。
[2] 沔,miǎn,汉水一名沔水,源出陕西下流,至湖北武汉入江,曰汉口,亦曰沔口。
[3] 赤壁,见前《赤壁赋》注。
[4] 齐安,见前《武昌九曲亭记》注。
[5] 汹涌,水之声势也。
[6] 倏忽,shū hū,言其急速非意计所及也。
[7] 曹操,字孟德。孙权,字仲谋。
[8] 周瑜,字公瑾,尝败曹操兵于赤壁。陆逊,字伯言,尝破蜀汉兵于夷陵。

至者，王披襟当之曰："快哉此风！寡人所与庶人共者耶？"宋玉曰："此独大王之雄风耳，庶人安得共之。"① 玉之言盖有讽焉。夫风无雄雌之异，而人有遇不遇之变，楚王之所以为乐，与庶人之所以为忧，此则人之变也，而风何与焉。士生于世，使其中不自得，将何往而非病。使其中坦然不以物伤性，将何适而非快。今张君不以谪为患，收会②计之余功，而自放山水之间，此其中宜有以过人者。将蓬户瓮牖，无所不快，而况乎濯长江之清流，挹西山之白云，穷耳目之胜，以自适也哉！不然，连山绝壑，长林古木，振之以清风，照之以明月，此皆骚人思士之所以悲伤憔悴而不能胜者，乌睹其为快也哉！元丰六年十一月朔日，赵郡苏辙记。

六国论

尝读六国世家，窃怪天下之诸侯，以五倍之地，十倍之众，发愤西向，以攻山西③千里之秦而

---

① 楚襄王一节，见宋玉《风赋》。兰台，地名，在今湖北钟祥市东。
② 会，kuài。
③ 山西，谓崤山以西也。崤山在今河南洛宁县北。

苏辙文

不免于灭亡。常为之深思远虑,以为必有可以自安之计,盖未尝不咎其当时之士,虑患之疏,而见利之浅,且不知天下之势也。

夫秦之所与诸侯争天下者,不在齐、楚、燕、赵也,而在韩、魏之郊。诸侯之所与秦争天下者,不在齐、楚、燕、赵也,而在韩、魏之野。秦之有韩、魏,譬如人之有腹心之疾也。韩、魏塞秦之冲,而蔽山东①之诸侯,故夫天下之所重者,莫如韩、魏也。昔者范雎用于秦而收韩,②商鞅用于秦而收魏,③昭王未得韩、魏之心,而出兵以攻齐之刚寿,而范雎以为忧。④然则秦之所忌者,可以见矣。

---

① 山东,亦谓崤山以东也。
② 范雎,魏人,仕秦,封应侯。说秦昭王曰:"秦、韩之地形相错如绣,秦之有韩也,譬如木之有蠹也,人之有心腹之病也。天下无变则已,天下有变,其为秦患者,孰大于韩乎?王不如收韩。"昭王曰善。
③ 《史记·商君列传》:卫鞅说孝公曰:"秦之与魏,譬若人之有腹心疾,非魏并秦,秦即并魏。往年大破于齐,诸侯畔之,可因此时伐魏。"孝公以为然,使卫鞅将而伐魏,魏使使割河西之地献于秦以和。而魏遂去安邑,徙都大梁。
④ 《史记·范雎列传》:范雎谓秦昭王曰:"夫穰侯越韩魏而攻齐刚寿,非计也。少出师则不足以伤齐,多出师则害于秦。"刚寿,齐邑,在今山东宁阳县东北。

秦之用兵于燕、赵，秦之危事也。越韩过魏而攻人之国都，燕、赵拒之于前，而韩、魏乘之于后，此危道也。而秦之攻燕、赵，未尝有韩、魏之忧，则韩、魏之附秦故也。夫韩、魏诸侯之障，而使秦人得出入于其间，此岂知天下之势邪？委区区之韩、魏，以当虎狼之强秦，彼安得不折而入于秦哉！韩、魏折而入于秦，然后秦人得通其兵于东诸侯，而使天下遍受其祸。

夫韩、魏不能独当秦，而天下之诸侯，借之以蔽其西，故莫如厚韩亲魏以摈秦。秦人不敢逾韩、魏以窥齐、楚、燕、赵之国，而齐、楚、燕、赵之国，因得以自完于其间矣。以四无事之国，佐当寇之韩、魏，使韩、魏无东顾之忧，而为天下出身以当秦兵。以二国委秦，而四国休息于内，以阴助其急，若此，可以应夫无穷，彼秦者将何为哉？不知出此，而乃贪疆埸①尺寸之利，背盟败约，以自相屠灭。秦兵未出，而天下诸侯已自困矣。至使秦人得伺其隙以取其国，可不悲哉！

---

① 埸，yì，疆埸，边境也。

苏辙文

汉文帝论①

老子曰:"柔胜刚,弱胜强。"②汉文帝以柔御天下,刚强者皆乘风而靡。尉佗称号南越,帝复其坟墓,召贵其兄弟,佗去帝号,俯伏称臣。③匈奴桀骜,凌驾中国,帝屈体遗书,厚以缯絮,④虽未能调伏,然兵革之祸,比武帝⑤世,十一二耳。吴王濞⑥包藏祸心,称病不朝,帝赐之几杖,濞无所发怒,乱以不作。使文帝尚在,不出十年,濞亦已老死,则东南之乱,无由起矣,至景帝⑦不能

---

① 文帝名恒,高祖中子,在位二十三年。
② 《老子》:将欲噏之,必固张之;将使弱之,必固强之;是谓微明,柔弱胜刚强。又柔之胜刚,弱之胜强。
③ 尉佗,即赵佗也。佗,真定人,秦时为南海龙川令。二世时,天下乱,南海尉任嚣病且死,召佗行尉事,教以绝关自备,佗因据南粤自王。高帝十一年,遣陆贾往,立佗为南粤王。高后时,佗尝寇长沙边,文帝初立,复使贾往,以书谕之,佗恐顿首称臣。
④ 缯,帛也,匈奴岁入边杀掠人民,文帝使使遗匈奴书,又遗之秣蘖金帛绵絮它物,岁有数。
⑤ 武帝,名彻,景帝中子,初封胶东王,后为皇太子嗣位,在位五十四年。
⑥ 吴王濞,见前《论养士篇》。
⑦ 景帝,名启,文帝子。

忍，用晁错①之计，削诸诸侯地，濞因之号召七国，②西向入关，汉遣三十六将军，③竭天下之力，仅乃破之。错言诸侯强大，削之亦反，不削亦反，削之则反疾而祸小，不削反迟而祸大，世皆以其言为信。吾以为不然，诚如文帝忍而不削，濞必未反，迁延数岁之后，变故不一，徐因其变而为之备，所以制之者，固多术矣。猛虎在山，日食牛羊，人不能堪，荷④戈而往刺之，幸则虎毙，不幸则人死，其为害亟⑤矣，晁错之计，何以异此？若能高其垣墙，深其陷阱，时伺而谨防之，虎安能必为害？此则文帝之所以备吴也。呜呼！为天下虑患，而使好名贪利小丈夫制之，其不为晁错者鲜矣。

君术策第五道

臣闻事有若缓而其变甚急者，天下之势是也。

---

① 晁错，汉颍川人，景帝时，为御史大夫。
② 七国，谓吴、楚、赵、胶西、胶东、菑川、济南。
③ 汉景帝以周亚夫为太尉，将三十六将军击吴楚。
④ 荷，hè，背着。
⑤ 亟，jí，紧急。

苏辙文

天下之人，幼而习之，长而成之，相咻^①而成风，相比而成俗，纵横颠倒，纷纷而不知以自定。当此之时，其上之人，刑之则惧，驱之则听，其势若无能为者，然及其为变，常至于破坏而不可御。故夫天子者，观天下之势而制其所向，以定其所归者也。

夫天下之人，弛而纵之，拱手而视其所为，则其势无所不至。其状如长江大河，日夜浑浑，趋于下而不能止，抵曲则激，激而无所泄，则咆勃^②溃乱，荡然而四出，坏堤防，包陵谷，汗漫而无所制。故善治水者，因其所入而导之，则其势不至于激怒坌涌^③而不可收。既激矣，又能徐徐而泄之，则其势不至于破决荡溢而不可止。然天下之人常狃其安流无事之不足畏也，而不为去其所激，观其激作相蹙溃乱未发之际，而以为不至于大惧，不能徐泄其怒，是以遂至横流于中原而不可卒治。

---

① 咻，xiū，《孟子·滕文公下》："一齐人傅之，众楚人咻之。"注："咻，讙也。"指喧哗。
② 咆，páo，咆勃，怒貌。
③ 坌，bèn，坌涌，言聚而腾上也。

昔者天下既安，其人皆欲安坐而守之，循循以为敦厚，默默以为忠信，忠臣义士之气，愤闷而不得发，豪俊之士，不忍其郁郁之心，起而振之，而世之士大夫，好勇而轻进，喜气而不慑者，皆乐从而群和之，直言忤世而不顾，直行犯君而不忌。今之君子，累累而从事于此矣，然天下犹有所不从，其余风故俗，犹众而未去，相与抗拒，而胜负之数未有所定，邪正相搏，曲直相犯，二者溃溃而不知其所终极。盖天下之势已少激矣，而上之人不从而遂决其壅。臣恐天下之贤人，不胜其忿而自决之也。

夫惟天子之尊，有所欲为，而天下从之。今不为决之于上，而听其自决，则天下之不同者，将悻然而不服，而天下之豪俊，亦将奋踊不顾而决之，发而不中，故大者伤，小者死，横溃而不可救。譬如东汉之士，李膺、杜密、范滂、张俭①之党，慷

---

① 李膺，字元礼，东汉襄城人。杜密，字周甫，东汉阳城人。范滂，字孟博，东汉征羌人。张俭，字元节，东汉济宁人。李膺、杜密、范滂，灵帝时俱以钩党被诛。张俭亡命，流转东莱，及党禁解，还乡里。

慨议论,本以矫拂世俗之弊,而当时之君,不为分别天下之邪正,以决其气,而使天下之士,发愤以自决之,而天下遂以大乱。由此观之,则夫英雄之士,不可以不少遂其意也。

是以治水者,惟能使之日夜流注而不息,则虽有蛟龙鲸鲵①之患,亦将顺流奔走,奋迅悦豫,而不暇及于为变。苟其潴②畜浑乱,壅闭而不决,则水之百怪,皆将勃然放肆,求以自快其意,而不可御。故夫天下,亦不可不为少决,以顺适其意也。

代三省祭司马丞相文③

呜呼!元丰④末命,震惊四方。号令所从,帷幄是望。公来自西,会哭于庭。搢绅咨嗟,复见老成。太任⑤在位,成王⑥在左。曰予惸惸,⑦谁恤

---

① 鲵,ní。
② 潴,zhū,水所停也。
③ 三省,谓中书省、门下省、尚书省,司马丞相谓司马光。
④ 元丰,宋神宗年号。
⑤ 太任,文王之母,以比太皇太后高氏,宋英宗后。
⑥ 成王,以比宋哲宗,宋神宗子。
⑦ 惸,qióng,《诗·小雅·正月》:"忧心惸惸。"传:"惸惸,忧意。"

予祸？白发苍颜，三世①之臣。不留相予，孰左右民？公出于道，民聚而呼，皆曰予父！归与归与。公畏莫当，遄反洛师。②授之宛丘，③实将用之。公之来思，岌然特立，身如槁木，心如金石。时当宅忧，恭默不言。④一二卿士，代天斡旋。事棼如丝，众比如栉。治乱之几，间不容发。公身当之，所恃惟诚。吾民苟安，吾君则宁。以顺得天，以信得人。锄去太甚，复其本原。⑤白叟黄童，织妇耕夫。庶几休焉，日月以须。公乘安舆，入见延和。⑥裕

---

① 司马光历仕仁宗、英宗、神宗三世。
② 洛师，谓洛阳，《书》："予惟乙卯朝，至于洛师。"司马光居洛十五年，天下以为真宰相，田夫野老，皆号为司马相公，妇人女子，亦知其为君实也。神宗崩，光欲入临，避嫌不敢，时程颢在洛，劝光行，乃从之。卫士见光，皆以手加额，曰："此司马相公也。"所至，民遮道聚观，马至不得行，曰："公无归洛，留相天子活百姓。"光惧，亟还。自元丰末命句，至遄反洛师，即谓此事也。
③ 宛丘，县名，陈州所治，今河南淮阳县。哲宗即位，诏起光知陈州，过阙，留为门下侍郎。
④ 《尚书·说命上》："王宅忧，亮阴三祀，既免丧，其惟弗言。"古者君薨，百官总己听于冢宰，居忧，亮阴不言。
⑤ 司马光议罢保甲团，复置保马，废市易法，除民所欠钱，京东铁钱，及茶盐之法，皆复其旧。
⑥ 延和，殿名，哲宗元祐元年，诏免光朝觐，许乘肩舆三日一入省，光不敢当，曰："不见君不可以视事。"诏令子康扶入对。

民①之言,之死靡它。将享合宫,②百辟咸事。公病于家,卧不时起。明日当斋,公讣暮闻。天以雨泣,都人酸辛。礼成不贺,③人识君意。龙衮蝉冠,④遂以往禭。⑤公之初来,民执弓矛。逮公永归,既耕且耰。⑥公虽云亡,其志则存。国有成法,朝有正人。持而守之,有进毋陨。匪以报公,维以报君。天子圣明,神母万年。民不告勤,公志则然。死者复生,信我此言。呜呼哀哉!

---

① 《尚书·康诰》:"汝亦罔不克敬典,乃由裕民。"裕,宽也。
② 张衡《东京赋》:"黄帝合宫。"注:黄帝明堂,以草盖之名曰合宫。
③ 光卒,太后哭之恸,与帝临其丧,京师之民罢市往吊,明堂礼成不贺。
④ 龙衮,天子服章也。《礼记·礼器》:"天子龙衮。"蝉冠,貂蝉冠也。
⑤ 禭,suì,赠死者之服也。
⑥ 耰,yōu,覆种也。

图书在版编目（CIP）数据

三苏文／叶玉麟选注；董婧宸校订．—北京：商务印书馆，2019
（学生国学丛书新编／王宁主编）
ISBN 978-7-100-16783-3

Ⅰ.①三… Ⅱ.①叶…②董… Ⅲ.①古典散文—散文集—中国—宋代 Ⅳ.① I264.4

中国版本图书馆 CIP 数据核字（2018）第 242633 号

权利保留，侵权必究。

学生国学丛书新编
三苏文
叶玉麟 选注
董婧宸 校订

商 务 印 书 馆 出 版
（北京王府井大街36号 邮政编码100710）
商 务 印 书 馆 发 行
北京通州皇家印刷厂印刷
ISBN 978 - 7 - 100 - 16783 - 3

2019年2月第1版　　开本 787×1092　1/32
2019年2月北京第1次印刷　印张 4 7/8
定价：22.00元